ZARINE,

REINE DES SCYTHES,

TRAGÉDIE

EN CINQ ACTES, EN VERS,

Imprimée d'abord chez le cit. Ballard, en ...., puis chez le cit. Cailleau, père, en M. DCC. LXXVI, et réimprimée en l'an X, avec des augmentations et des corrections.

Par le Cit. DEVINEAU.

———

A PARIS,

Chez { L'AUTEUR, rue du Four St.-Honoré, n°. 10.
PETIT, Libraire, Palais du Tribunat, galerie vitrée.

AN XI. — 1803.

PERSONNAGES.

ZARINE, *reine des Scythes.*

CYAXARE, *roi des Mèdes.*

STRYANGÉE, *prince général de Cyaxare.*

TRIDATE, *général des Parthes.*

HORTÈS, *un des généraux de l'armée de Zarine.*

NARCAS, *ami de Photiès.*

NERFITE, *confidente de Zarine.*

VAGOSÈS, *eunuque de Cyaxare.*

BAGOAS, *eunuque de Stryangée.*

EURIMOND, *soldat Mede.*

SCYTHES.

MEDES.

La scène est à l'entrée de la Médie, aux pieds d'une chaîne de montagnes.

ZARINE,
REINE DES SCYTHES,
TRAGÉDIE.

ACTE PREMIER.

SCENE PREMIÈRE.

HORTÈS, NARCAS.

HORTÈS.

Oui, sur les heureux bords de ces vastes climats,
Est-ce bien toi de qui je retrouve les pas ?
Est-ce toi que je vois, Scythe trop magnanime ?
Toi, trop témoin ici de la honte et du crime ?
Oui, ne t'étonnes point, tu nous trouves, Narcas,
Les armes à la main, et cherchant le trépas ;
Tu vois dans ces déserts, et le Mede et le Scythe,
Qui, sans mettre au courage une sage limite,
Sont demeurés vainqueurs et vaincus tour-à-tour,
Et conviennent ce jour d'une trève d'un jour.

I *

Ce jour , pour s'entrevoir , Zarine et Stryangée
Ont laissé sous leurs coups leur valeur engagée.
Aimé comme admiré de cent peuples divers,
Le bruit de leurs exploits a rempli ces déserts ,
Et montre que le sort quoiqu'il semble propice ,
Des cieux même un moment balance la justice.
Ainsi, ces chefs égaux , en valeur , en vertus ,
Souvent victorieux , et tour-à-tour vaincus ,
Différens par le sexe et non par le courage ;
Ont , pour quelques momens , suspendu le carnage :
Déjà , dans ces déserts , les chefs et leurs soldats ,
Sont arrêtés , tous prêts à de nouveaux combats ;
Et font voir à tes yeux la victoire incertaine.

N A R C A S.

Retenu pour un tems aux bords du Boristhêne ,
Je devais ignorer , trop loin de toi pour lors ,
Ces combats où le Scythe engage mes efforts.
Mais , ami , depuis quand cette guerre en Scythie
A-t-elle menacé les champs de la Médie ?
Est-ce dès le moment que , passant le Taurus ,
J'approchai de la mer qui reçoit le Gerrhus ?

H O R T È S.

Deux ans , depuis ce jour , font nos incertitudes.
Si ce tems est peu long , les coups en sont plus rudes ;
Et jusques à présent , un barbare en ces bois ,
Peut se flatter encor du cours de ses exploits.
Mais apprend mieux , Narcas , puisque la renommée
Ne t'a pas dit qu'ici nous avons une armée ;

Apprends , dis-je , quels soins , quels traits , quel
    attentat. . . .

NARCAS.

Tu parles de forfaits , de sang , d'assassinat ,
Et Zarine respire ! Ici je te retrouve;
Et m'épanchant en toi d'un charme que j'éprouve ,
Je vois tes yeux couverts du sanglot des regrets !

HORTÈS.

Ami , ressouviens-toi des jours de Marmarès.

NARCAS.

J'appris à mon départ sa mort , et de mes larmes. . . .

HORTÈS.

Tu l'aurais pleuré plus , sachant de quelles armes
Un traître , et non le sort , contre lui déchaîné. . . .

NARCAS.

Parle. . . .

HORTÈS.

Par Cyaxare il fut assassiné.

NARCAS.

Ce barbare ! . . . .

HORTÈS.

    Oui , lui-même en sa fureur cruelle ,
Porta sur Marmarès une main criminelle ,

Sache qu'en l'attirant dans un lâche festin ,
Par un lâche homicide il en fut l'assassin.

N A R C A S.

Quoi ! sur le sang des Dieux , dans sa haine ennemie ,
Ce traître osa porter sa fureur impunie ;
Et les Dieux !.... Mais , ami , le Parthe est joint à nous.
Qui peut donc le porter à seconder nos coups ?

H O R T È S.

Le crime d'un tyran , du sort cette vengeance ,
Qui poursuit le coupable et de son œil s'offense.
Cyaxare pensant jouir de ses forfaits ,
Quand il eut de son crime avéré le succès ,
Cherchant une autre proie à sa haine impunie ,
Sur le Parthe voulut porter sa tyrannie.
Mais ce peuple sorti du sein de ses climats
Se rappelant le cours de ses assassinats ,
Abhorra ce vautour affamé de carnage
Qui voulait l'accabler d'un horrible esclavage.
Il embrassa nos lois , et pour nous fléchir mieux ,
Il implora pour nous la volonté des Dieux :
Abhorrant encor plus l'impunité des crimes ,
Il vit , pour son malheur , que ses droits en victimes ,
A ceux de Cyaxare au hasard réunis ,
Jadis avaient été des nôtres désunis.
Ainsi , son allié , son appui , non son maître ,
Nous fûmes le défendre ; en nous vengeant d'un traître ,
Avec la fermeté qui brave les forfaits ,
Recourir à la force au sein de ces forêts ,

Et défendant ces champs des attaques d'un Mede,
Des Scythes lui montrer le courage pour aide.
Accourant au plutôt aux bords de ces climats,
Pour arrêter le cours de ses assassinats ;
Ne rien envisager, dans ce périr extrême,
Où ce tigre inhumain s'est engagé lui-même.
Rejoindre et rassembler aux rives de l'Oxus.
Tous Scythes, habitans du mont de l'Imaus,
Budin, Neure, Issedon, Nomade, Tissagète,
Commandés par un sang chéri du Massagète,
Cent peuples accourus du fond de leurs déserts,
Ignorés dans ces bois, inconnus aux enfers,
Rigoureux, mais humain dans ce climat sauvage,
Et dont Hercule même honnora le courage.
Voilà quel est l'auteur d'une guerre, où tu vois,
Les champs de la Médie en proie au fer des lois,
Les Scythes, commandés par Zarine leur reine,
De Cyaxare, un Mede armant ici la haîne,
Et le Parthe, en ses champs, en invoquant les Dieux,
Y venger, opprimer ses droits et nos ayeux.
Tandis que Cyaxare, éloigné de Scythie,
Lui-même fait la guerre au roi de la Lydie :
Et près de ces climats, tenu depuis deux ans
Pour combattre Alyatte, y fait marcher deux camps.
Mais c'est assez t'en dire. On vient ; c'est une Scythe.
Elle semble apporter un trouble qui l'agite.

S C È N E I I.

N E R F I T E, H O R T È S, N O R C A S.

N E R F I T E, *à Hortès.*

AH ! seigneur, parmi nous, quel bruit qui me surprend,
Va plus vous étonner que mon effroi n'est grand,
Puisse toujours les Dieux qui nous sont tutélaires,
Ne pas à la vertu fermer leurs sanctuaires,
Dans les deux camps, seigneur, si l'on en croit un bruit,
Le fils de Phraortès arrive avant la nuit.

H O R T È S.

Cyaxare !

N E R F I T E.

Oui, seigneur, dans l'une et l'autre armée,
La nouvelle imprévue en est déjà semée :
De plus, même, ce bruit dans les deux camps reçu,
Ajoute qu'en Lydie Alyatte est vaincu.

H O R T È S.

Et donnant de sa gloire une marque semblable,
Le barbare triomphe et respire en coupable.
Il a porté des coups indignes de son rang,
Et les Dieux n'ont pas fait répandre tout son sang !

La fortune propice à ses yeux s'est offerte ,
Et les Dieux même encor n'ont pas dicté sa perte ?
De plus même , à nos yeux , quand le sort a failli ,
La victoire , le sert , et ne la point trahi.
Ainsi , puisqu'il en est , la trève commencée
Doit finir quand la nuit l'aura peu devancée.
Craignons tout d'un cruel , dont l'indigne pouvoir
De tromper qui le croit est l'unique savoir.
Prévenons son attaque et sachons nous défendre ,
Et qu'il nous trouve armés , au lieu de nous surprendre.
Je vois venir Zarine : ami , courons au camp.

(A Nerfite.)

Nerfite , redis-lui tout ce que l'on t'apprend.
Dis-lui , sur-tout , dis-lui que tout Scythe , sans elle ,
Réside pour jamais dans la nuit éternelle ,
Qu'une sage défense embellit ses forêts ,
Qu'un Dieu même en son cœur en a gravé les traits ;
Qu'aux regards des mortels si nous sommes féroces ,
Nos vertus sont au moins bien plus justes qu'atroces ;
Qu'à l'exemple des Dieux ses jours sont des bienfaits ,
Je te laisse un moment lui dire sans regrets.

SCÈNE III.

ZARINE, NERFITE, GARDES SCYTHES.

ZARINE.

POUR les cœurs valeureux , Scythes , pour vous quels charmes

De joindre à l'équité le succès de vos armes.
Amis , vous dont Zarine ici défend les droits ;
Aux marques que son sang et ses augustes lois ,
Dans ces bois ont laissés de son courage insigne ,
Joignez ce bouclier , si vous l'en jugez digne.
Pour vous il m'a servi , pour vous je l'ai porté !
Il fut dans les combats par le Scythe inventé ,
J'en ai de Madyès , ami reçu le gage ,
Et du courage il est la précieuse image.

　　(*Ils attachent son bouclier aux rochers , et sortent.*)
　　　　(*A part.*)

O Dieux ! que de régner est pénible le poids ,
Je ne m'étonne plus si l'on nomme avec droits ,
Tyran celui souvent qui sans être barbare ,
Dans le cours de sa vie et se trompe et s'égare ,
Et sans voir le bonheur laisse faire le mal ;
Combien l'homme égaré juge mal son égal !

N E R F I T E.

En nous tenant, madame, un semblable langage ,
De ce dur bouclier votre main se dégage....
Lorsque vous apprenez que dans ce même instant
Un ennemi mortel approche de son camp ,
Que bientôt parmi nous , un cruel , un barbare ,
En un mot , qu'en ces lieux on va voir Cyaxare.

Z A R I N E.

Nerfite , je le sais , mais qu'importe à mon cœur ,
Il connaîtra qui peut combattre sa fureur ,
Le coupable toujours de son crime est la proie.

D O R I T E.

Et vous me paraissez , en montrer quelque joie.
Après tant de combats , tant d'espoir inhumain
Qu'entre les deux côtés le destin incertain....

Z A R I N E.

Et moi, me faudrait-il pour cela qu'en Scythie
J'aye en pusillanime à craindre sa furie.

N. E R F I T E.

Sans doute que le sort au Scythe a réservé ,
Par ses cruels forfaits son trépas approuvé.
Mais , aux coups qu'on a vu, dans plus d'une arme
　　　　vaine ,
Montrer , presqu'à nos yeux, votre mort trop cer—
　　　　taine ,
En cherchant votre tête , où le Mède abattu
Toutefois par vos coups est demeuré vaincu ,
Je ne puis vous cacher le trouble qui m'agite.
Non que j'aie à douter de la valeur du Scythe ,
De la vôtre , madame , et des coups menacés ,
Que l'on a vu vainqueurs plutôt que repoussés.
Mais après, le succès d'une fortune égale ,
Qui rend aux deux côtés l'espérance fatale ,
En ce moment en proie à des pressentimens
Qui peut-être ne sont que vains et soupçonnans ,
Je commence , inquiète , à douter du sort même ,
A douter des délais de son arrêt suprême.
Dans mes pressentimens peut-être ai-je mal lu ?
Mais cependant , je crains....

Z A R Î N E.

Nerfite , et que crains-tu
Du moment que je cours pour me venger d'un
        traître ?
Mais qui ? toi, craindre , toi, qu'en ces camps on vit
        naître !
Toi , qui du sang du Mède a vu ce fer trempé ,
Et qui depuis deux ans , à vaincre est occupé !
Ne te souvient-il plus de qui je tiens la vie
Que fille d'une Scythe et du sang d'Orithie ?....

N E R F I T E.

Je sais qu'accoutumée au sein de ces déserts
A braver le danger sous mille aspects divers ,
A repousser la mort à vous qui se présente !
Dans ces êtres affreux que la nature enfante ,
Votre âme qui la brave , et sait tout affronter ,
De l'abord d'un tyran doit peu s'inquiéter.
Mais pourtant ce barbare arrive de Lydie ;
Amenant des soldats qu'on croyait en Médie ,
Des soldats aguerris , dont les bras reposés
Par de rudes travaux ne sont point épuisés ,
Des soldats les plus forts d'entre tous ses esclaves ,
Leurs secours qu'il oppose aux Scythes les plus braves.
Et par ce nouveau camp qui nous devient fatal
Le Scythe avec le Mède est en nombre inégal.

Z A R I N E.

Et c'est où la victoire aura pour lui des charmes ?

Ah ! comptes-tu pour rien mon courage et ses armes ?
L'équité nous a fait marcher contre un tyran ;
Elle habite en mon cœur ; fût-ce même en mourant,
Elle me ferait vaincre.

NERFITE.

En vain donc alarmée. . . .
Mais c'est pourtant, madame, une seconde armée.

ZARINE.

Et que t'importe-t-il ? les Scythes dans leurs bois,
Qui vengent leurs autels , leurs aïeux et leurs
       droits,
Qui des coups du trépas ont vu souvent l'image ?
De tous leurs ennemis craignent-ils le courage ?

NERFITE.

Mais que peut ce courage à la force opposé ?
Quand il est quelquefois de fatigue épuisé.

ZARINE.

Il a près du trépas vu souvent la victoire ;
Il sait se ranimer au rayon de la gloire.
Hercule en ses travaux, Hercule dans nos camps,
Nous l'a souvent prouvé , par la mort des brigands.

NERFITE.

Hercule, dans ces bois , à fait voir un courage ;

Qui, de tous les humains, a mérité l'hommage.
De quels monstres ses coups n'ont-ils pas triomphé ?
Le géant de la terre en ses bras étouffé,
Et les champs Néméens, et les monts d'Érimanthe
Ont montré les succès de sa main bienfaisante !
Mais ce héros, d'un bras juste, et jamais déçu
Lorsqu'il abattit l'hydre, eût-il jamais vaincu,
S'il n'eût joint à ses coups, et le fer, et la flamme,
Et secondé d'un autre, et son bras et son âme ?
Généreux défenseur de la fille d'un roi,
De punir les brigands il se fit une loi.
Digne libérateur du sort de Prométhée
Il triompha toujours du perfide Euristhée.
Plus le péril fut grand, plus il le surmonta,
Et plus il vit la mort, et plus il l'affronta ;
Et de monstres, sans fin, ses armes triomphantes,
Montrèrent aux mortels les dépouilles sanglantes.
Mais ce héros n'est plus. . . .

Z A R I N E.

               Il veille sur ces lieux,
Il est lui-même assis au tribunal des Dieux,
Je suis loin de marcher sur les traces d'Alcide,
Mais je sens dans mon cœur le sang d'une Sacyde,
Et si je succombais de deux peuples l'appui,
On me verroit, du moins, mourir digne de lui,
Loin d'égaler les traits de son courage extrême,
Etre égale à mon cœur, être égale à moi-même,
Et fille de son sang ne le démentir pas,

En Scythe qui naquit digne en tout de ses pas.

DORITE.

Aussi, dans de tels soins, le prouvez-vous, madame;
Et montrant ses vertus, son courage et son âme,
Vous arrachez soudain, mon cœur plus rassuré
Du trouble dans lequel il s'étoit égaré.
Mais si d'Alcide en vous nous recouvrons l'image,
Et si de ce héros le rapide courage
Par d'illustres exploits éternisa ses jours,
De ses exploits un Dieu, pourtant fixa le cours.
Un Dieu.... ce fut l'amour; et les appas d'Omphale
Charmèrent le vainqueur des monstres du Stimphale.
Hercule fut sensible; et j'ai lu dans vos yeux
Que le cœur d'une Scythe éprouve de tels feux,
Et vous cachez, sans doute, une flamme secrette,
Se montrant à mes yeux d'autant qu'elle est discrette.
Il me souvient encor de cet instant fatal
Où l'on vous vit donner un terrible signal,
Et tel que Madyès aux bords de la Scythie,
En donna jadis un, aux plaines de Médie.
Il me souvient encor de ce jour immortel,
Qui devint pour le Mède, un trépas éternel.
Où l'on vous vit alors au milieu du carnage
Du soldat animer le cœur bouillant de rage,
D'un Mède partager les bataillons nombreux;
Et d'ennemis vaincus, percer les flancs poudreux.
Où lorsqu'on vous eût dit qu'on voyait Stryangée
L'âme aux coups du trépas vaillament engagée,
Entouré de mourans, sous les dards confondu,

Opposer à la mort, un bras mal défendu.
La douleur dans les yeux, l'air triste et moins farouche,
Un ordre généreux, sorti de votre bouche.
Soldats (criâtes-vous), *soldats victorieux,*
Laissez.... oui la clémence est un trait glorieux ;
D'un semblable bienfait mon âme fut ravie !
Par vos bontés, ce prince en recouvra la vie.
Vous vivez, il respire, et votre œil rassuré,
M'en a caché sans doute un amour ignoré ?
Ah ! dans ce jour de gloire, où jamais la vengeance
Ne fit si promptement de place à la clémence,
Votre cœur à mes yeux se serait-il montré ?
L'amour armé d'un trait l'aurait-il pénétré ?
Vous ne répondez point ! Me serais-je trompée ?

ZARINE.

Non, tu ne fus jamais si bien préoccupée ;
Quel que soit le moment dont ton cœur ait fait choix,
Pour te tirer du doute où pour moi je te vois,
Ecoute ; et je me vais dévoiler toute entière,
Et mieux récompenser ton amitié sincère.
Oui, sans doute, un moment a vaincu ma fierté,
Un moment a fléchi ce courage indompté ;
Et dès ce jour terrible où jamais la victoire
Après m'avoir offert un pareil champ de gloire,
Eût fait voir à mes yeux un Mède tout sanglant,
Entraîné par les siens, presqu'à demi mourant.
Je vis avec douleur la déplorable image
D'un jour trop glorieux garant de mon courage ;
Et pleurant un mortel qu'accab'ait le malheur,

Je sentis le repos s'envoler de mon cœur.

E   a ant dès-lors un prince magnanime

D'un roi traître et cruel , et tout souillé d'un crime :

Le plus léger succès fut peu d'être pour moi ,

Le fatal ascendant d'une sévère loi.

Dans un songe bientôt cette loi répétée

De ce prince m'offrit l'image ensanglantée ,

Et même à mon réveil , dans l'ombre de la nuit

Je vis , ou je crus voir , dans l'horreur qui la suit :

De ce songe frappant les plus sanglants vestiges.

Trop tourmentée alors de ces affreux prestiges ,

Retraçant à mes yeux , sous un tigre affamé ,

Mon sang , un de tes rois mourant assassiné ,

Quoiqu'au milieu d'un camp mon âme accoutumée ,

Aux coups de mon courage et de ma renommée ,

Craignît peu Cyaxare , et connût peu l'amour ,

Nerfite , à te parler sans feinte et sans détour ,

Dans le rang où le sort à sa fureur m'oppose

Je redoutai Vénus , aux tourmens qu'elle cause ;

Et craignant que l'amour , pour me surprendre mieux ,

Ne me frappât d'un trait dont il perce les Dieux ,

Voyant qu'un Mède était l'appui de Cyaxare ,

Et qu'il ne défendait que trop bien ce barbare ,

J'eus recours à Diane ; aux pieds de ses autels ,

Je courus m'affranchir du tourment des mortels ;

J'implorai la déesse , et la trouvant docile

Contre un cœur dans le mien qui cherchait un asile ,

J'entendis une voix qui disait à mon cœur ,

Qu'en fuyant de l'amour le trait souvent vainqueur ,

Il fallait , dans le rang où le destin nous lie ,

Craindre d'être une fois coupable dans sa vie.
Dans le sein de son temple à Pallas consacré
Je recouvrai bientôt mon esprit égaré.
Enfin contre l'amour toujours plus révoltée,
Eprouvant moins ces feux dont l'âme est tourmentée,
Soit que le sort, ou non, en voile ses desseins,
Je sentis, soit son œuvre, ou celui des destins,
Qu'un Mède vers l'appât où ce Dieu nous entraîne,
Contre le Scythe envain s'était fait une arène.

N E R F I T E.

Ainsi donc à Diane ayant porté vos vœux,
Vous avez défié l'amour avec ses feux. . . .
Ah ! si dans ces forêts, dans ces climats sauvages,
Bravant les coups qu'il porte aux plus fermes courages,
Nos cœurs à son empire élèvent peu d'autels,
Si par-là distingués du reste des mortels,
Du reste des humains la terre nous sépare,
Et nous fait, dit-on, naître avec un cœur barbare,
Dans tout ce coloris d'une vaine terreur
Ne vous verriez-vous point avec un œil d'erreur ?
Et repoussant des traits dont l'amour perce l'âme,
Des traits dont les Dieux même ont éprouvé la flamme,
Et des traits dont Diane en sa rebellion,
Ressentit la blessure, au feu d'Endymion,
Espérez-vous pouvoir. . . .

Z A R I N E.

                    Oui, me vaincre moi même,
Pour le Scythe et ma gloire oublier ce que j'aime,

Et purgeant à jamais mon cœur d'un tel amour,
Le rendre, si je puis, aussi pur que le jour.
Cet effort te paraît plus qu'il ne s'imagine.
Mais il existe au moins dans l'âme de Zarine.
Je t'ai fait cet aveu du secret de mon cœur,
Garde-toi désormais de m'en faire une erreur.
J'aurais trop à rougir d'une telle faiblesse.
Parle-moi bien plutôt de remplir ma promesse.
Et dans le tien, Nerfite, où d'ailleurs je ne voi
Qu'amour, qu'empressement et qu'intérêt pour moi,
Rappelle qui je suis; et crains, par trop de zèle,
De rendre en son pays mon âme indigne d'elle;
Et pour trancher ici des discours superflus,
Oublie enfin un Mède, et ne m'en parle plus.
De ce soin pour son cœur Zarine te dispense.

NERFITE.

(Appercevant Tridate.)
Madame.... mais Tridate ici vers vous s'avance.

SCÈNE IV.

ZARINE, TRIDATE, NERFITE.

TRIDATE.

Reine.....

ZARINE.

Je sais, seigneur, que bientôt dans ces lieux

On va voir d'un cruel l'aspect trop odieux.
Le Parthe va ce jour s'accorder à sa vue,
Et lui montrer ici son âme toute nue.
Il le peut, il le doit, pour moi, pour sa valeur.
Quand il vint dans nos bois, j'écoutai son malheur,
Je ne vis que ses maux, il suffit qu'il le dise
Au tyran qui peut-être en croit une méprise.
Le Scythe a ses motifs, et le Parthe a les siens ;
Toutefois ses motifs sont devenus les miens.
N'en eussé-je point eu pour moi pour la Scythie,
Je l'aurais secouru contre la foi trahie.
Punir un oppresseur, aider aux malheureux,
C'est le charme du Scythe, et c'est la loi des Dieux.
Il peut donc.... mais avant, Seigneur, puis-je être sûre,
De tout ce que par vous le Parthe encor me jure ?
Enfin de son serment ne se repend-il pas ?

T R I D A T E.

S'en repentir, madame ! et jusques-là vos pas....
Les Scythes immolés aux plaines de Scythie,
Défendant avec vous nos jours et la Parthie !
O Reine, vos bontés, et vos bienfaits qu'il voit,
Il deviendrait ingrat de tout ce qu'il vous doit !
Dès l'instant qu'un tyran leva ses mains perfides
Pour lui faire adopter ses forfaits homicides,
Il vous vit prendre part à son cœur usurpé.
Le Parthe dès long-tems de vos droits occupé,
Les Scythes, leurs secours, et vos bienfaits, madame,
Se sont trop imprimés dans le fond de son âme.
Le bonheur qui dans vous par les Dieux écouté,

D'un lieu le plus sauvage embellit l'âpreté,
A de ces mêmes mains dignes de nos courages,
Extirpé de ces bois jusqu'aux monstres sauvages,
D'après cela dictez ces lois, ces mêmes lois,
Que Madyès laissa dans le fond de ces bois;
Elles seront, sans doute, encor par nous suivies,
C'est assez que le Parthe en tout les ait servies,
Et s'il le faut, sur l'heure, il revole aux combats
Attester sa promesse, et donner le trépas.

ZARINE.

Seigneur, il me suffit, sa défense m'est chère.
Au Parthe j'ai juré tout ce que j'ai dû faire,
Ses biens avec ses droits en mes mains sont remis;
Et je ferai, Seigneur, tout ce que j'ai promis,
Plus d'éclaircissement deviendrait inutile.
Quand on veut le bonheur, est-il si difficile
De pouvoir réparer, sans en ternir ses mains,
Les malheurs attachés aux destins des humains?
Lorsque l'on s'est armé d'une juste colère,
On se doit à soi-même, à son cœur, à la terre,
Au rang de la vertu tout bonheur a ses droits,
Et l'exemple du monde est l'exemple des rois :
Oui, qu'il parle, confonde, agisse, délibère,
Et qu'après un succès que mon courage espère,
Il chérisse en ses bois, tranquille et plus heureux,
Ma vertu, mes sermens, mon courage et les Dieux.

Fin du premier Acte.

ACTE II.

SCÈNE PREMIÈRE.

S T R Y A N G É E ,   B A G O A S.

B A G O A S.

Chez un peuple qui semble ennemi de la terre,
Toujours victorieux, mais juste en sa colère,
Qui n'a que pour défense, une ville, ses lois,
Ses armes, ses déserts, et ses Dieux, et ses bois;
Chez le Scythe, en un mot, chez ce peuple terrible,
Où me paraissez vous porter un cœur sensible,
Vous qui joignez, toujours, àux traits de la valeur,
Ce que l'humanité doit du moins au malheur?
Quoi, lorsque Cyaxare en ce moment arrive,
Vous me semblez surpris, un trouble vous captive!
Et ne vous rendant pas pour écouter sa loi!.,...

S T R Y A N G É E.

Je ne verrai que trop ses pas fatals pour moi
Dans ces bois où le sort a voulu me conduire,
Dans ces bois dès long-téms où mon âme respire.
Quels charmes ont ces lieux par l'amour défendus!
Ils pourraient rappeler mes sens trop éperdus.

B A G O A S.

Quels mots sont à regret sortis de votre bouche!
M'avouez-vous, Seigneur, un tourment qui me touche?

Que vois-je? vos regards se cachant à mes yeux,
Paraissent éviter la lumière des cieux ?
Quel trouble vous agite , et quel destin funeste
A sur vous attiré la colère céleste ?
Par un tourment de vous vainement arraché ,
M'offrez-vous un chagrin à la terre attaché ?
Cachez-vous dès long-tems ce tourment dans votre âme ?
Le vôtre est tout le mien , et mon cœur le réclame.

STRYANGÉE.

Hélas ! lorsque du sort les trop sévères lois
De quelques dons des cieux semblent nous faire un choix
Oh ! combien par malheur sur nous prenant le change ,
Sa fatalité dure à ses rigueurs nous range.
Ennemi de mon cœur je n'aurais cru jamais
Trouver quelques chagrins au sein de ces forêts ?
Et d'une image enfin plus fière et moins calmée
Voir la main dans ces bois , d'un javelot armée ,
Près d'un antre où l'écho répond en mugissant ,
Attaquer sans frémir , un lion rugissant !

BAGOAS.

Quel est ce vœu , Seigneur , pourriez-vous m'en ins-
        truire ?
Et pourrais-je connaître ?

STRYANGÉE.

                Et que puis-je te dire
Prince chez Cyaxare ; et bientôt à son sang ?....

B A G O A S.

Par sa fille , sans doute , approché de son rang ,
Comblé d'honneurs , tout près d'être époux de Réthée ,
Votre âme d'un regret peut-elle être agitée ?

S T R Y A N G É E.

Que l'amour a sur nous de légitimes droits !
O sang de Madyès , as-tu subi ses lois ?
Que dis-je ? quelle erreur , quelle espérance vaine ?....

B A G O A S.

Vous parlez de Zarine !... Et votre âme avec peine....
Seigneur... vous soupirez !... Votre cœur sans détour...
Osant trop s'expliquer !... Aurait-il de l'amour ?....

S T R Y A N G É E.

Oui... toute la fureur...

B A G O A S.

Et Zarine!...

S T R Y A N G É E.

Je l'aime ,
Et je n'ai , cher ami , dans le fond de moi-même ,
Que trop senti les traits de l'amour et ses fers.
Que n'en puis-je pour peine implorer les enfers !

B A G O A S.

Surpris d'un tel amour dont votre âme se berce ,
Je demeure étonné du trait dont il vous perce ,

Je demeure étonné de tels feux dont l'excès !...
Mais. vous me témoignez quels sont tous vos regrets.
Si l'amour porte en vous sa flamme enchanteresse ,
Si l'homme a ses erreurs , si rien n'est sans faiblesse,
Ce Dieu n'a pas toujours terrassé la vertu.
J'aime à vous voir , au moins d'un remord combattu.

STRYANGÉE.

Tu me flattes sans doute , et pour moi dans ton âme,
Tu voudrais excuser une pénible flamme ,
Et mesurant l'amour au fardeau des regrets ,
Des nœuds de l'amitié. ... Mais tu ne le saurais ;
J'ai succombé.

BAGOAS.

　　　Qui ? vous , aux bords de la Scythie !
Vous , tenant dans vos mains le sort de la Médie !
Quoi Zarine , Seigneur , devrait donc ses succès
Bien moins à sa valeur , qu'aux lois de ses attraits !
Et n'ayant triomphé que par l'objet qui l'aime ,
Elle n'aurait toujours vaincu que par vous-même ?

STRYANGÉE.

Vaincu que par moi-même , ah ! cruel , que dis-tu ?
Peux-tu jusqu'à ce point offenser sa vertu ?
Peux-tu la soupçonner d'une telle bassesse !
Et jugeant de son cœur comme de ma foiblesse,
Ternir , flétrir ainsi l'éclat de son renom ,
Et croire dans le mien du traître le poison ?
Ton zèle me condamne en juge inexorable.
Apprend, apprend jusqu'où je ne suis que coupable.

Depuis près de deux ans qu'un sort qui me poursuit,
Au milieu des combats dans ces bois m'a conduit,
Ami, ressouviens-toi de ce jour si funeste
Où des Mèdes vaincus tu rallias le reste.
Où Zarine, ce jour, moissònnant mes soldats,
Me vint presque couvrir des ombres du trépas ;
Où repoussant les dards des lances hérissées,
Elle abattit des miens les cohortes pressées.
Je ralliai trois fois les Mèdes partagés,
Et trois fois je les vis sous le fer égorgés.
Désespéré, confus, je restais au carnage ;
J'y voulais engloutir mon affront et ma rage ;
J'y fis, et tu le sais, d'incroyables efforts.
Tu vins me secourir. Je vis Zarine alors.
Jamais rien à ma vue !... Oui, j'entrevis ses charmes ;
Le glaive.... ah ! Pour me vaincre avaient-ils besoin
        d'armes ?
Sous un dur bouclier, belle, sans ornemens,
Elle avait l'appareil de simples agrémens,
Telle qu'une beauté qui marche à son aurore,
Et tels qu'un immortel les avait fait éclore.
Enfin, cher Bagoas, je demeurai vaincu ;
Mais je le fus bien moins que surpris et déçu,
En voyant contre qui je courais au carnage.
Zarine l'emporta ; ce fut par son courage ;
Elle égorgeait le Mède, et j'abattais les siens :
Et cependant ses jours sont plus purs que les miens.

B A G O A S.

Vous m'apprenez encor par ce récit funeste

Ce qu'un cœur abattu de sa douleur atteste.
Et je vois à regret , que le sort rigoureux
Qui flatte et qui condamne à la fois de tels feux ,
En replongeant dans vous le trait dont il vous blesse ,
Aux vertus d'un grand cœur veut joindre une faiblesse.
Ah ! si l'accablement , la douleur , les remords
Sont d'un cœur vertueux les généreux efforts ;
Après de tels efforts qu'éprouve votre flamme ,
Désespérez-vous donc de pouvoir dans votre âme?...

S T R Y A N G É E .

Oui , je le désespère , et de mes feux troublé ,
Je sens que la raison , dans mon cœur accablé ,
Veut en vain conserver son tyrannique empire.
Vers un charmant objet je ne sais qui m'attire ,
Et de tous tes discours le faible et vain ressort
Tenterait , pour me nuire , un impuissant effort.
Ecoutant tes raisons . je ne pourrais les suivre.
L'amour à ses transports , en criminel me livre
Comme on voit un captif dans ses fers enchaîné.
Malgré moi , je me sens vers ses feux entraîné ,
Me voulant vaincre en vain , j'oublirais ma détresse ,
Et je serais coupable en aimant ma faiblesse.
Parjure envers l'amour sans l'être en mon destin ,
A peine pour me vaincre , ai je un effort certain?
Je sens que malgré moi ma vertu m'abandonne ;
Couvre-moi de ces noms que le malheur nous donne.
Je me suis à ton cœur confié sans détour ,
Tu n'es que trop instruit , laisse-moi mon amour ;
Le mien t'écouterait , méconnaissant ton zèle.

Ou plutôt pour mes feux montre un ami fidèle ;
De ton zèle du moins sois plus digne que moi,
Sers un Mède qui t'aime, il l'exige de toi.
Auras-tu sur toi-même assez de force d'âme
Pour ainsi seconder les excès de ma flamme ?
Si, selon toi du sort la générosité
M'a fait quelque partage en magnanimité,
De ton cœur obtiendrai-je une pareille grace ?

B A G O A S.

Vous le voulez, parlez. Que faut-il que je fasse
En blâmant votre amour....

S T R Y A N G É E.

J'abuse de ta foi ;

Mais, ami, que veux-tu ? Suis-je maître de moi,
Zarine dans son camp pose déjà les armes.
Si la trève à ses yeux peut avoir quelques charmes,
Je veux par ton moyen lui parler aujourd'hui.
Cours, vole, Bagoas, et pour moi redis lui,
Qu'elle peut au serment de la trève jurée,
En croire sur ma foi la promesse sacrée.
Ajoute, ami, dis-lui, la troublant à regret,
Qu'il est entr'elle et moi quelque léger secret,
Dont un Mède voudrait, ici, seule l'instruire,
Et qu'aux mortels le sort peut quelquefois prescrire.
Tu sais, hélas ! toi-même à quel point furieux
Se portât Cyaxare, et quel trait odieux,
Sur des jours chers au Scythe excita sa furie.
Il revient triomphant des champs de la Lydie,

Et je ne sais , encor , à ces traits sans pitié,
Jusqu'où va se porter sa sombre inimitié?
Le barbare , sans doute , accourt sur sa victime ,
Et peut-être vient-il lui creuser un abime ?
Peut-être avec fureur , sans droits , sans équité
Voudra t-il de Zarine abattre la fierté ,
Tenter tout pour combler une injuste vengeance.
Hélas ! qu'il soit puissant. Zarine, à sa vaillance
L'équité doit toujours être un premier devoir.
Obéir est un sort que règle le pouvoir ;
Et qui chérit l'horreur doit craindre pour lui-même.
Mais laissons ce qui seul souille le rang suprême ,
Va plutôt que tes pas servent sans nul détour ,
La pureté d'un cœur inconnue à l'amour.
De Cyaxare ou moi tu vois le plus coupable.
Dans toi renferme bien le trouble qui m'accable ,
C'est un trait de vertu , le reste est une erreur ;
Oui désormais pour moi bannis toute terreur ,
J'entends quelqu'un, l'on vient.... Cours , je vois
     Cyaxare ,
Forcé de l'écouter sans que rien ne m'égare ,
Hélas! contraignons-nous puisque tels sont ses lois.

SCÈNE II.

CYAXARE, STRYANGÉE, GARDES.

STRYANGÉE.

Ah ! pardonnez, Seigneur, si, comme je le dois,

Je ne me suis offert le premier à vos traces.
De mes légers succès vous cachant les disgraces ;
N'ignorant pas, Seigneur, que jusques dans ces lieux
On allait bientôt voir vos pas victorieux,
Je ne savais que trop vos exploits de Lydie,
Quoiqu'on ne m'en eût dit que la moindre partie.
Mais de pareils succès, qui, sans doute, de loin,
Ont passé de beaucoup ceux dont j'avais le soin,
Mon sort, une ennemie au comble de sa gloire
Qui m'ôte des lauriers que donne la victoire,
Des lauriers que j'allais perdre encore en ces lieux,
Me faisaient un moment éloigner de vos yeux.

C Y A X A R E.

Je sais que je pourrais, prince, vous faire un crime
D'un succès qui souvent trompe le magnanime,
Même, quand deux guerriers s'égalant en valeur ;
L'un des deux cherche alors le parti le meilleur,
Tâche, mais vainement, qu'en recouvrant sa gloire,
Sa retraite surprenne et vaille une victoire.
Mais c'est le moindre coup dont mon cœur soit frappé ;
Et d'un autre motif je suis plus occupé :
Ma présence pourra l'apprendre à la Scythie.
Plus d'une fois la guerre embrasera l'Asie.
Plus d'une fois ses champs jusqu'en leurs vastes bords
S'offriront saccagez jusqu'au séjour des morts.
Etant un des premiers près d'y porter l'alarme,
J'abrège là-dessus un discours qui me charme.
Zarine, dont la main tient le Mède arrêté,
Se flatte-t-elle encor, par ce Parthe indompté,

Qu'à ce Parthe soumis je suis las de prétendre ?
A vous, même, ce jour, s'est-elle fait entendre.

S T R Y A N G É E.

Les secrets de Zarine aux Mèdes inconnus
Jusques à moi, Seigneur, ne sont pas parvenus,
Sachant trop bien qu'ils ont pour le Parthe des charmes,
Je ne connais encor que ses coups et ses armes.

C Y A X A R E.

Quel que soit le succès que le Parthe en attend,
Et quel que soit l'effort du bras qui le défend.
Je ne sais que trop bien, pour ce Parthe rebelle
Qui porte cette Scythe à prendre sa querelle.

S T R Y A N G É E.

Seigneur, si cependant Zarine par la paix
Accordait ses desirs aux vôtres satisfaits ?

C Y A X A R E.

Un courroux où mon âme est loin d'elle emportée
S'unit à des soupçons dont elle est tourmentée,
Le Parthe vainement à son devoir remis,
Me satisferait peu de l'y revoir soumis.
Et tel que Madyès sut régner en Scythie,
Comme lui subjuguant les trois quarts de l'Asie,
Il me tarde déjà de soumettre à mes lois,
Non, les Parthes encor, mais le Scythe en ses bois.

S T R Y A N G É E.

Vous, Seigneur !

C Y A X A R E.

Et tel est le seul soin qui m'agite.
Secondé de vos coups , j'abattrai cette Scythe.

S T R Y A N G É E.

Vous espérez , Seigneur....

C Y A X A R E.

Oui , régner sur les siens.
Vous avez vos soldats. J'amène ici les miens.

S T R Y A N G É E; *à part.*

Le barbare , ah! Feignons , encor s'il m'est possible ;
Et tâchons de le rendre à la vertu sensible ;
Lui parlant sans détour , ne me trompons en rien ,
Autant pour son bonheur encor que pour le mien.
    (*A Cyaxare*)
Seigneur , j'admire en vous ce succès dont se flatte
Un espoir où , déjà , votre valeur éclatte ,
Et combien cet espoir dans l'âme d'un héros
A fait germer la gloire et mourir le repos.
Mais , vous flattant , ainsi , d'une gloire facile ,
Vous espérez devoir à votre joug docile....
Pardonnez , ce dessein m'étonne tellement ,
Que je ne vous en puis taire mon sentiment :
Ah ! Toutefois avant de pouvoir en Scythie ,
Etendre tous vos droits jusqu'au bords de l'Asie ;
Voyez-vous qui déjà pourra vous arrêter ,
Quels obstacles puissans il faudra surmonter.

Croyant toujours finir cette fatale guerre,
N'aurez-vous de l'Araxe allant jusques au Gerrhe,
Sur des monts à vos coups par la nature offerts,
Qu'à poursuivre le Scythe en ses affreux déserts :
Vous connaissez le Scythe, et son humeur féroce
Les Scythes, leur vengeance et leur courage atroce
De leur sang, dussent-ils voir leurs champs humectés,
Vous les verrez mourants demeurer indomptés,
Ils vous disputeront jusqu'à la moindre gloire ;
Et vos moindres lauriers, votre moindre victoire
Coutera plus de sang que jamais Marmarès
Madyés, Idantyrse et l'heureux Déjocès,
Des rives du couchant par de-là la Médie,
N'en versèrent ensemble à conquérir l'Asie.
Jusqu'à présent le Mède en vain a combattu,
Je l'avoue, il est vrai, qu'il n'est point abattu.
Qu'il dompte ; je le veux, le Parthe qui le quitte,
Et qui l'abhorre autant qu'il est l'arme du Scythe,
Qu'en retirerait-il pour prix de ses succès ?
Des antres, des déserts, un peuple en ses forêts :
Qui, sur le moindre affront, à ses droits en rappelle,
Un peuple toujours prêt à devenir rebelle,
Qu'on verrait tôt-où-tard sortir de son devoir.

CYAXARE.

Que je ferais plutôt rentrer sous mon pouvoir,
Qu'il ne m'aurait montré toute sa perfidie.

STRYANGÉE.

Que feriez-vous, Seigneur, des champs de la Scythie ?

3

C Y A X A R E.

Ces champs n'ont, à mes yeux, que de faibles attraits.
C'est peu, c'est peu pour moi, que de vastes forêts.
C'est un charme plus grand qui séduit Cyaxare,
C'est le genoux fléchi de ce Parthe barbare,
Cent peuples, à mes pieds, soumis, respectueux,
Et sur-tout le respect de ce Scythe fougueux.
Je les entends vanter leurs coutumes sauvages ;
Je méprise leurs champs, et je veux leurs hommages.
Quand jadis Marmaiès ravagea mes Etats,
Je punis cet affront par son juste trépas.
Un crime qui produit un effet salutaire,
Et un besoin secret qui devient nécessaire ;
Quand la force seconde il y faut recourir,
Savoir vaincre, régner, et non pas s'attendrir.
Un remords est un faible, un repentir, un blâme,
Et toujours la vertu cache un vice de l'âme ;
C'est vous en dire assez, le reste est un secret
Qu'avec art je dois taire au vulgaire indiscret,
Crédule, faible, aveugle et né pour l'esclavage,
Craindre, croire, obéir, voilà son seul partage.
Contr'eux, contre leurs droits j'ai lieu d'être irrité,
Vous savez, désormais, qu'elle est ma volonté.
Prince, ne tardez pas à joindre votre armée.

(Il sort.)

SCÈNE III.

STRYANGÉE, *seul.*

Qu'ai-je entendu, cruel! Quoi, ton âme animée.
Viens-je bien de l'entendre? est-ce un songe pour moi?
Est-ce ainsi que tu veux faire chérir ta loi?
Est-ce ainsi que l'on doit armé d'un tel outrage,
Dans un autre soi-même offenser le courage?
Quoi, d'un pareil motif les iniques raisons
Contre la vertu même aigrissent tes soupçons.
Et lorsque dans son sort une fière ennemie
A montré son courage aux champs de la Scythie,
Sait vaincre, et vient s'armer sur les pas des guerriers,
Toi-même redoutant.... enviant ses lauriers....
Ah, pourquoi dans le crime où ton âme s'égare,
Envers son sang jadis te montras-tu barbare?
Cruel, tant d'injustice, est ce à nous d'en avoir?
Est-ce à nous d'en passer les bornes du pouvoir?
Si le bonheur au monde a donné quelqu'exemple,
C'est aux vertus des rois à lui dresser un temple.
Pour moi, prince à ta cour, mis jeune sous ta loi,
M'ayant laissé mon rang, près de m'unir à toi,
Tu me le rends bien cher si, masquant l'injustice,
Barbare c'est en toi moins bonté qu'artifice.
Ainsi l'art de régner est-il l'impunité?
La vertu n'a qu'un trait; il est illimité.
Hélas! que je te plains si dans ton rang suprême,

Tu t'abaisses si fort au-dessous de toi-même.
Ah ! répends-toi plutôt d'une injuste fureur ,
Et crains pour tes jours même une fatale erreur.
Approchant des climats que lave un seul Bosphore ,
Et me laissant ici tout un soin que j'abhorre ,
Peut-être y savais-tu , pour te faire un renom ,
Trouver un prince faible à ton ambition ;
Tu sais , ayant pu vaincre aisément en Lydie ,
Qu'il n'en est pas de même aux champs de la Scythie.
Et jusqu'ici tes coups vainement élancés. . . .
Ah ! tu verras comment ils seront repoussés.

SCÈNE IV.

STRYANGÉE, BAGOAS.

STRYANGÉE.

Qu'ai-je ouï , Bagoas , et quelle injuste haine. . . .
De Cyaxare apprends. . . . Mais sa fureur est vaine.
A quoi bon te parler du trouble où tu me vois.
Il suffit , oublions la rigueur de ses lois ?
Il espère un succès que je suis loin de croire.
Je connais trop le Scythe , et Zarine , et sa gloire.
Oui , tu m'as trop , Zarine , appris depuis deux ans
Que tu sais l'art de vaincre en défendant tes champs !
Si pour toi je craignais , ce serait au carnage
Ce que trouve souvent le plus hardi courage.
Ami , jusqu'où pour moi ton cœur s'est-il porté ?

BAGOAS.

Dès le moment qu'ici mes pas vous ont quitté ,
J'ai pensé dans ces bois rencontrer son courage ,
Mais , soit que ma présence ait causé de l'ombrage ,
Ou que de quelque soin son cœur trop occupé ,
En ait voulu rester un moment détrompé ,
Ayant deux fois tenté de m'offrir à sa vue ,
Et l'ayant , dans son camp , deux fois même aperçue ;
Je n'ai pu lui parler , mais j'ai su , par les siens ,
Qu'ici , dans peu , ses pas devaient suivre les miens.
Et bientôt.... Mais déjà....

STRYANGÉE.

                         Ciel ! Que vois-je ? C'est elle !
Ami , va , je saurai reconnaître ton zèle.
Laisse-moi pour un cœur à ses yeux inconnu ,
Lui tenir un langage où le sien prévenu ,
A l'amour qui l'anime à son cruel supplice ,
En découvre un du moins dépouillé d'artifice.
Laïsse.... Elle vient.... O ciel ! je sens à son abord ?...•
Que pour lui proposer le plus facile accord ,
Je ne sais que lui dire.... Ah ! tenons un langage ,
Digne de sa vertu comme de son courage.

                              (*Bagoas sort.*)

S C È N E V.

Z A R I N E . S T R Y A N G É E.

S T R Y A N G É E.

REINE, dont les exploits, la vaillance et le cœur,
Du plus grand des héros égalent la valeur,
Et montrant à l'Asie un cœur si magnanime,
Dont le ciel vous fit part et si bien vous anime
Qu'il semble que les Dieux pour ne rien faire en vain,
L'ait accompli dans vous du trait le plus divin.
Souffrez qu'un ennemi , qui l'est moins qu'on peut
          croire ,
Donne cette louange à votre illustre gloire,
A cette gloire en vous que . bien loin d'avilir ,
Le sort a prétendu de vous même embellir.
A ces marques en tout, qu'à l'exemple d'Alcide ,
Votre fierté vaillante osa prendre pour guide ,
Et qui dans son pays s'illustrant encor mieux ,
Osa s'en modéler à l'image des Dieux ,
Et comme Madyès de l'Imaüs sortie ,
Paraître une héroïne aux champs de la Scythie.

Z A R I N E.

Seigneur, s'armer des lois qu'exige l'équité ,
Regarder autrement l'art de l'impunité ,
Surmonter l'infortune, et marcher à l'outrage,

Jurer d'en être juste, et l'être avec courage,
C'est s'armer avec droit des lois de la valeur,
Montrer comme il convient, les vertus de son cœur.
S'en armer jusque-là d'une fermeté d'âme,
Que l'on peut égaler et surpasser sans blâme ;
S'offrir toujours égale à son cœur comme à soi,
C'est de ces mêmes cieux aimer chérir la loi.
Ainsi, défendre un bien que le sort nous confie,
Dont il fait un devoir, sous le nom de patrie,
C'est des peuples remplir le légitime droit.
C'est faire son honheur comme ce que l'on doit.

S T R Y A N G É E.

D'un soin si généreux, vivement animée,
Vous n'en avez que trop rempli la renommée ;
Les Mèdes ont senti combien votre valeur,
Par la force du fer s'opposait à la leur.
Qui l'eût dit, que le sort en vous, à tant de charmes
D'un guerrier valeureux eût encor joint les armes !
Ah ! qu'un Mède eût plutôt desiré le savoir !
Ou que le sort plutôt l'eût mis en son pouvoir !
Son âme, en vous cédant, heureusement trompée,
En aurait de vous même été plus occupée.
Peut-être dans son sort un cœur né généreux,
S'en serait modéré dans des momens affreux,
Si l'amour, dans son temple, eût jamais une chaîne,
Un cœur qui parut pur, n'est pas fait pour la haîne,
Pour en offrir les traits à ceux brillans du jour,
Vous n'eûtes pas besoin des armes de l'amour :
Il y fit voir en vous un sublime courage,

Qui retint des fureurs qu'inspirait le carnage.
Surprise , vos regards se cachent à mes yeux.
Auriez-vous lieu de l'être avec l'appas des Dieux ?

Z A R I N E.

Seigneur , oubliez-vous ?

S T R Y A N G É E.

               Et qu'oublirait un Mède ?
Eût-il voulu qu'au sort votre vaillance cède ?
Soyez loin de le croire. Ah ! plutôt sous vos coups ,
Il n'eût pour la Médie , expiré que par vous.
Mais le sort est cruel , souvent il nous accable ;
Le destin vous cachait. Il était seul coupable.
Il vous montra , madame , où les coups de mon bras
Ne purent égaler ceux qu'on trouve à vos pas :
Offrez-vous-en les traits. Ce fut le jour qu'errante
Son âme chez les morts s'enfuit presque mourante ,
Lorsqu'il fut arraché , le glaive dans le flanc ,
Des vôtres et de vous , avides de son sang.
Ah ! si dans les horreurs d'une haine excitée ,
Par votre ordre , il se vit la tête ensanglantée ,
Mourant , presqu'englouti dans l'horreur d'un trépas
Où vos pas triomphans enfonçaient des soldats :
Ce sont les moindres coups dont votre main , madame ,
De jours prêts à finir ensanglanta la trame.

Z A R I N E.'

Moi ! qui, moi ? que ma main , Seigneur , vous ait
      frappé !

Dans l'horreur du trépas vous vous êtes trompé.

S T R Y A N G É E.

Madame, ah ! plût aux Dieux qu'un destin qui m'ac-
  cable ,
Par de semblables traits vous eût fait voir coupable.
Plût à mon sort cruel que votre seule main
Eût, comblant son courroux , seule percé mon sein ;
Et me cachant alors le pouvoir d'autres charmes ,
M'en eût fait éprouver le succès de vos armes.
Un Mède alors par vous recevant le trépas ,
Serait mort pour jamais et ne se plaindrait pas.
Mais le sort m'a privé d'une telle défense ;
Et quels que soient vos coups , s'ils sont faits pour
      l'offense ,
Les charmes dont le jour sut embellir ces lieux ,
En ont porté dans moi de bien au-dessus d'eux.
Si le sort vous en fit naître dans la Scythie ,
Si dans vos champs un Mède apporta de Médie
Le barbare courroux qui devait l'animer ;
Si l'amour l'en punit , en le faisant aimer ,
Vous verra-t-on , madame , en ce moment extrême ,
M'en arracher un trait aux traits dont le sort même ,
S'est plu de m'accabler ?

Z A R I N E.

          Ce que j'entends , Seigneur ,
Sans doute est un langage ignoré de mon cœur ,
Tout.... le sort.... mon pays , et des momens de haines
M'ont fait une autre loi que l'amour et ses chaînes.

Il est de ces instans où bien peut l'on faillir ,
Où malgré nous le sort quelquefois nous trahit ,
En bravant de l'amour l'attaque ménagée
Que ce soit la réponse où je sois engagée.
Ainsi je vous la dois , et ne présumais pas ,
Dès le moment qu'ici j'ai découvert vos pas ,
Qu'à de pareils discours mon cœur eût dû s'attendre ;
Et tout cet entretien sait si fort me surprendre ,
Qu'à peine encor je crois qu'un ennemi , Seigneur,
Soit venu de ses feux me déclarer l'ardeur !
Vienne même en ces lieux , quand son âme animée ,
De son bras sur les miens a fait la renommée ,
Vienne m'offrir le cœur d'un mortel ennemi !

S T R Y A N G É E.

D'un ennemi , madame , ah ! ce bras impuni. . . .
Mais non , je vous l'avoue : oui , ma haîne était rare ,
Je prenais les raison d'une encor plus barbare.
Un prince , par un roi , choisi pour son appui ,
Défendant ses états , ne connaissant que lui ,
Aurait pu vous braver , s'il vous eût rencontrée.
Ah ! donnez-en la faute à l'image ignorée.
Mais , un moment , sachez , pour réparer mes coups ,
Combien même ce jour j'ai pu parler pour vous.

Z A R I N E.

Parlez pour moi , Seigneur , quoi ! jusques-là votre
    âme
A pensé qu'à ce soin , sensible à votre flammé,. . . .

S T R Y A N G É E.

Pardonnez, je me suis engagé d'un peu loin,
Madame, et refusant que chargé d'un tel soin....

Z A R I N E.

Dans les travaux guerriers dès l'enfance nourrie,
Contre plus d'un péril mon âme est aguerrie.
Mon arc, mes javelots, un glaive et le trépas,
Voilà ce qu'un tyran va voir dans ces climats ;
Et je n'ai point, Seigneur, d'autre soin qui m'anime.
D'un cruel assassin l'injustice et le crime....
Mais je n'achève pas : c'est un Parthe, Seigneur,
A parler sur des droits que défend sa valeur.
Cyaxare, ce jour, même pourra l'entendre.
A tout le sang qu'ici le Scythe a dû répandre,
A celui qu'à fait voir votre intrépidité,
A celui que vous montre une rigidité
Qui peut-être vient moins des rigueurs de mon âme,
Que du sort qui souvent nous cache quelque trame.
Pardonnez, si l'accueil qu'il vous fait à mon nom,
Ne peut vous accorder un entretien plus long.
                              (*Elle sort.*)

S T R Y A N G É E.

Et tu me fuis ainsi, tu me laisses, barbare,
Sans même soulager le regret qui m'égare.
Soit pitié, soit mépris, soit haîne, soit détour,
Ton cœur, en dédaignant les fautes de l'amour,
En semble préférer la terreur à ses armes,

Ah ! tu ne démens pas l'audace de tes charmes.

Quand tu sais mon amour , je te vois au moment

Me priver du plaisir que l'on trouve en aimant ,

Tu me dis.... Mais ton cœur , pour cacher ta rudesse ,

M'a masqué d'un détour la rigoureuse adresse.

Tu brûles de me voir au milieu du trépas.

Tu me verras , cruelle , y braver tes appas.

Mais , que dis-je , où m'emporte un courroux qui
       m'égare?

Moi , je serais cruel , inhumain et barbare.

Moi , je démentirais ce que le cœur humain

A de plus généreux dans le fond de son sein :

Je pourrais de ce trait sentir l'arme traîtresse ,

Mais je n'aurais jamais cette indigne faiblesse.

Ah ! dussé-je plutôt encore malgré moi ,

Servant moins mon amour qu'un cruel et sa loi ,

Du sang de Phraortès embrasser la querelle ,

Et cesser d'en paraître à moi-même infidelle.

Fin du second acte.

ACTE III.

SCÈNE PREMIÈRE.

STRYANGÉE, BAGOAS.

STRYANGÉE.

Non, ma faible raison ne règne plus sur moi,
Non, mon esprit troublé n'est plus maître de soi ;
Et je cède au tourment où mon âme est livrée.
N'accrois pas la douleur dont elle est pénétrée,
N'accrois pas.... cher ami, l'inhumaine en ces lieux,
M'a trop fait ressentir l'inclémence des Dieux,
Plus j'ai pu lui montrer le trouble qui m'égare,
Plus en elle j'ai vu les yeux d'une barbare.
Accablé, m'abhorrant, de son cœur détesté,
Quel qu'en soit de l'amour le trait peu limité,
Oui, mon cher Bagoas, oui, je n'ose te dire
Ce qu'au fond de mon sein malgré moi tu peu lire.
Tu t'étonnes ; je sens encor bien plus que toi
Qu'en Médie oubliant ce qui m'en fait la loi,
Combien je dois montrer ma gloire démentie,
Combien je la rabaisse, et combien je m'oublie.
Mais enfin, c'en est fait, je me suis déclaré.
Coupable, criminel, accablé, dévoré....

B A G O A S.

Quel trouble , juste ciel , me montrez-vous encore?
Que n'en ai-je un recours....

S T R Y A N G É E.

                    Que ta bonté colore.
Ah ! tu m'en prouverais que la sincérité
A dans le cœur humain quelquefois existé.

B A G O A S.

Ciel ! qu'entends-je ? l'on vient : Cyaxare s'avance.
Remetez-vous : cachez vos feux à sa présence.

S T R Y A N G É E.

Ah ! dans l'accablement et le trouble où je suis
Me contraindre à ses yeux est tout ce que je puis.
Je sens combien encore il règne dans mon âme !
Aide-moi, Bagoas , à lui voiler ma flamme ;
Lui cachant pour jamais les replis de ce cœur ,
Que l'amour a frappé d'un trait de sa rigneur ,
Lui déguiser l'excès de sa fatale empreinte
Dont mon âme un moment s'est fait voir trop atteinte.
Et sans tromper son cœur , trompons encor ses yeux.

S C È N E I I.

CYAXARE, STRYANGÉE, BAGOAS, GARDES.

C Y A X A R E.

Cessez, prince, cessez d'examiner ces lieux.
Ces monts inhabités n'ont que d'horribles voûtes.
Mes soldats n'en ont pu reconnaître les routes ;
On n'en peut pénétrer les sentiers escarpés,
Les replis à leurs pas en restent échappés.
Je l'apprends par moi-même, et par mes émissaires.
Hâtez-vous d'accomplir mes desseins salutaires,
Il ne manque que vous, prince, pour me servir.
Et déjà mes soldats sont prêts à m'obéir.

S T R Y A N G É E.

La trève encor n'est point à moitié terminée,
Et vous avez déjà rassemblé votre armée !
De tels empressemens, de soins si peu tardifs
Vous ne me dites point quels sont tous les motifs ;
Loin, ces desseins, Seigneurs, que je les examine,
Je m'y rends !.... Quels sont-ils ?

C Y A X A R E.

       C'est d'attaquer Zarine
Sur l'heure.

S T R Y A N G É E.

(*A part.*)   (*A Cyaxare.*)

O Dieux ! Et, quoi, j'aurais promis en vain.
Ah ! vous n'eûtes jamais un semblable dessein.
Quoi ! les Scythes, Seigneur, qui comptent sur la
      trève,
Se voyant attaquer avant qu'elle achève....

C Y A X A R E.

Cette trève pour vous a pu faire une loi,
Mais elle n'en doit point former une pour moi.
Combattez pour le sang à moi qui vous resserre,
Prince, et pour moi laissez un scrupule vulgaire.
Les Souverains entr'eux n'ont point de vrais traités.
Qui les tiennent ensemble à la paix arrêtés.
Le premier qui les rompt suit un droit qui le guide :
S'il en paraît moins juste, il n'en est point perfide.
Il ne fait qu'attaquer qui l'aurait prévenu ;
Tout, excepté ses droits, lui doit être inconnu.

S T R Y A N G É E.

Ah ! vous ne pensez pas ainsi que vous le dites !
Et vous ne voulez point surprendre ainsi les Scytes.
Oui, mon étonnement ne peut vous le céler.
Pardonnez à mon cœur qui sait mal se voiler.
Si la loi d'une trève est un droit sans réplique,
Je m'attendais d'ouïr en vous la voix publique.
Mais, c'est à moi, Seigneur, à prendre vos leçons.

C Y A X A R E.

De tels discours je sais quelles sont les raisons.
Mais je ne me fais point du peuple une chimère,
Et ne m'abaisse point à ce penser vulgaire.
Un prince en ses Etats tient ses droits dans ses mains,
Et les change selon l'objet de ses desseins.
Prince, de ces motifs que le courroux m'inspire
Vous savez les secrets, faut-il vous les redire ?
Le Parthe le premier les a tous excités,
Venez ; je cours frapper qui les ont irrités.

S T R Y A N G É E.

Que ma prière encore un moment vous retienne ;
Ne risquez point vos jours à cette attaque vaine.
Ah ! vous comptez, Seigneur, me montrer peu trem-
      blant,
Les Scythes égorgés dans ce combat sanglant ;
Mais avez-vous prévu la funeste surprise
Où pourrait vous jetter l'erreur d'une méprise ?
Présumant attaquer le Scythe au dépourvu ?
Croyez-moi ; craignez tout de ce choc imprévu.
Instruit que dans le camp vous venez de vous rendre,
Le Scythe soupçonneux est prêt à se défendre ;
En vain vous tâcheriez ce jour de l'attaquer.
Son camp qui dans ses bois paraît vous provoquer,
Déjà sans doute cache un piège sous l'écorce,
Et tend à votre attaque un appât qui l'amorce.
La prudence du Scythe est jointe à sa valeur,
Sa retraite souvent, est un piège trompeur ;

Zarine le commande, et c'est une sauvage,
Du sang d'Hercule issue, elle en a le courage.
Qui commet un forfait dont un autre est l'auteur
Est aussi criminel que son instigateur.
Si sur la terre il est des monstres effroyables,
Par eux-mêmes il faut les rendre plus coupables;
Et sans souiller ses mains de quelqu'atrocité,
Ne rien joindre aux horreurs de la fatalité.
A quelqu'avis, dit-on, l'intérêt nous engage,
Le mien part de mon cœur comme de mon courage.
Tout peuple, je l'avoue, aveugle en sa fureur
Se trompe quelquefois, est sujet à l'erreur,
Sans qu'aucun noir complot et l'irrite et l'égare,
Il faut par l'équité le rendre moins barbare.
Ainsi, l'appui du faible et l'effroi des tirans
Hercule de la terre extirpa les brigands;
Son nom est immortel, imitez son exemple,
Vous verrez l'univers vous élever un temple;
N'ajoutez rien de plus aux malheurs des mortels,
Pour adoucir leurs maux n'ont-ils pas des autels?
Sans faire de l'Asie un repaire au carnage,
Vaincre et mourir pour vous, Seigneur est mon partage.
A Zarine tout Sçythe a juré d'obéir :
Les Dieux contre vos coups voudaient-ils la trahir?
Ah! pour vous la victoire en fût-elle certaine,
Craignez!.... Mais entendez cette approche soudaine.
Du sein de ces déserts ce bruit trop apporté
De ma crainte pour vous fait une vérité;
Zarine s'offre aux coups que le sort vous envie,
Et je la vois du Scythe et des Parthes suivie.

SCÈNE III.

ZARINE, CYAXARE, STRYANGÉE, TRIDATE, BAGOAS , SCYTHES , PARTHES , *Gardes* , *Mèdes*.

CYAXARE.

Et j'aperçois entr'eux ce téméraire encor ,
Qui de l'aigle qui plane ose prendre l'essor,
Lorsque mon rang est fait pour lui parler en maître.
Voyons ce que va dire un perfide , un tel traître!
　　(*A Tridate.*)
On t'a fait , dans mon camp , la grâce , devant moi ,
En prononçant ton nom , de me parler de toi ,
Qu'un vil mortel tiré du sein de la poussière ,
Du Parthe me devait montrer l'humeur altière ;
Puisque le Parthe à moi se montre sous ton nom ,
Et t'a fait le héros d'un entretien peu long ,
Parle , je le permets ; viens t'expliquer , avance.
Je me veux bien encor , par un trait de clémence ,
Abaisser un moment jusques à t'écouter ;
Accourcis tes raisons , et crains de m'irriter.

TRIDATE.

Sans l'outrageant orgueil que ta barbare audace
Ici vient étaler et joindre à la menace ,
J'aurais pu te parler ainsi que dans leurs champs
Les Scythes à leur reine ouvrent leurs sentimens.
Répondant un peu mieux à ton mépris extrême ,
Envisager en toi quel est le rang suprême ;

4 *

Etre loin de douter que tu ne sois vaillant,
Et qu'en tout Phraortès ne t'a't donné son sang,
Pour te prouver qui doit autoriser le Parthe
— A fuir de ton pouvoir le joug qui l'en écarte,
A s'en voir soulager, et libre dans son choix,
Se détacher du joug de tes coupables lois.
Je te ferai savoir que jadis la Parthie,
Avant que d'être à toi, n'était qu'à la Scythie.
Ce fut du sang d'Hercule un rameau séparé
Qui fit l'Etat du Parthe en ses champs resserré ;
Oui, c'est ainsi qu'alors en s'éloignant des Scythes,
Lui-même conserva ses lois par eux prescrites ;
Le tems qui tout ravage, au règne de nos rois,
Vint alors mettre un terme, et respecta nos lois.
Le sang d'Alcide éteint, n'était pas sans ressource.
Le Parthe (il fut ingrat) en oublia la source ;
Il en crut tes ayeux en de plus doux momens ;
Comme eux tu lui promis de tenir tes sermens ;
Toi seul à ton serment tu deviens infidèle,
Traître ; tu le contrains à devenir rebèle.
Sous un sceptre de fer, le poignard à la main,
Sans pitié tu lui veux enfoncer dans le sein ;
Tu traites son bonheur d'une fureur bisare.
Tu deviens un bourreau, toi-même est le barbare.
Doutes-tu d'un moment que tes droits sont cruels ?
Peux-tu donc ignorer qu'à des droits mutuels
Un prince sage et bon applique sa défense,
Et d'être juste en tout fait toute sa puissance,
Pour un vil intérêt tu prends un vil essor,
Tu nous ravis nos biens, ne desire que l'or,

Ne vivant que pour toi , trompant par l'apparence,
Tu portes la famine au sein de l'abondance.
Une coupable gloire , un indigne pouvoir
Dis-moi ; sont-ils les droits qu'un prince doit avoir?

CYAXARE.

Et tu pousses si loin par autant d'arrogance...

TRIDATE.

Qui n'aime qu'opprimer porte un front d'impudence.
Pourtant , je ne crois point que ce soit jusques là ,
Envers nos droits ton cœur qui tout seul s'égara.
Ce sont de vils méchans et des fourbes féroces ,
Qui t'ont lié sans doute à leurs moyens atroces.
Un peuple prit un chef; un prince en fut l'appui :
Son peuple l'en crut digne et fut heureux sous lui :
Injuste , eût-il été ; dis, parle , et me l'avoue,
Comme Hercule , un héros que la vérité loue ;
Si nos droits ne t'ont point dans ton sort pu trahir ,
Pourquoi vouloir , cruel , te faire ainsi haïr ?
Mais sans que j'en appelle à ces raisons terribles ,
Aux droits de tout humain , à des lois si plausibles ,
Et sans te dire encor qu'au Scythe et qu'à ses lois
Nous nous sommes donnés , sans qu'il briguât ce choix.
Toi qui fus un barbare , et qui dans la Médie ,
Jadis connus pour chef un prince de Scythie ,
Châtiant ce qui fait une vertu dans toi ,
Ce qui fait ton idole et ton unique loi;
Ainsi tu punis donc tel qu'un injuste maître
Qui sait qu'il est injuste , et qui pourtant veut l'être?
Réponds. Je t'ai tout dit.

CYAXARE.

                    Tout motif sur ce point
Qui doit m'occuper seul , ne te regarde point.
Ton front audacieux ne rougit pas de honte
De témoigner jusqu'où ton-impudence monte !
Je ne me commets point , te faisant mon égal ,
A te parler d'un droit qui te sera fatal ?
Et ta témérité sent trop la différence
D'un mortel né trop bas pour quelque déférence ?
Avec le droit qu'ici j'ai de te châtier ,
Pour te répondre alors qu'on t'a vu t'oublier ,
Te montrer, te prouver que mes droits équitables
Rendent , ainsi que toi , tous les Parthes coupables.
Ne t'es-tu pas soumis au sang de Déjocès ,
Et ne te dois tu pas au sang de Phrarortès ?
Puisque tu sers , tu dois m'obéir sans réserves.
C'est moi qui fais les lois , c'est toi qui les observes.
Et si je te parais injuste et criminel ,
Dois-tu changer pour toi des Cieux l'ordre éternel ?
Suis-je pour devenir l'objet de tes caprices ?
Tu dois tout applaudir , jusqu'à mes injustices.

TRIDATE.

Applaudir....

CYAXARE.

                    Traître... oui .. tout jusqu'à l'impunité.
Est-ce à toi d'appeler de ta témérité ?
Lorsqu'en toi je remets un insecte à la terre ,
C'est à toi d'obéir , de me craindre et te taire.
Tu viens me rappeler de titres superflus
Qu'a produit le hasard , et qui n'existent plus.

Madyès de son tems régna dans la Scithie;
Belus fut le premier qui régna dans l'Asie.
Belus.. . mais je m'abaisse. Et c'est trop répliquer.
Le pouvoir s'avilit à se trop expliquer.
Je veux bien un moment suspendre ma veangeance.
Le Parthe enfin veut-il éprouver ma clémence?
Et de sa liberté désormais moins jaloux,
Rentrer dans le devoir et fléchir le genoux.

TRIDATE.

A de pareilles lois que ta main lui prépare!
Le Parthe s'abaisser, écouter un barbare
Qui veut, par un courroux digne des assassins
Trahir, jusqu'à ses droits, et ceux des souverains.

CYAXAR.

Perfide, c'en est trop. Cette dernière injure
A, de ton impudence, augmenté la mesure.
Et je ne sais comment ma facile bonté
A pu souffrir l'audace où ton front s'est porté
C'en est fait, tu vas voir quels coups vont dans l'abîme...

    (*A Zarine*)

Mais toi, que ce rebelle avec audace anime,
Toi qui sais devant moi qu'on doit baisser les yeux,
Et que mon rang me met à l'égal de tes Dieux,
Tu m'oses disputer ces droits sur la Parthie,
Et je vais les porter au sein de ta Scythie·

ZARINE.

Les porter, toi tyran, dans ces climats; qui, toi?

Et tes crimes venir me faire ici la loi.
Les instans vont prouver si je crains ta menace,
Si je saurai braver ton outrageante audace.
Cours, regagne, cruel, ton camp avec les tiens.
C'est là que je te veux joindre avec tous les miens ;
C'est là que pour punir l'audace qui te guide,
Pour punir un impie, un traître, un homicide,
Pour me venger de toi, pour braver ton courroux,
Pour défendre mes jours et craindre peu tes coups,
Ces Scythes que tu vois....

C Y A X A R E.

        Objets de ma vengeance.
(*A ses gardes.*)
Qu'à mes ordres, soldats, le carnage commence.
    (*A Zarine.*)
Tu vas m'y retrouver au-lieu de mes soldats.

Z A R I N E, *comme il sort.*

Dussé-je, à t'y chercher, rencontrer le trépas :
Je cours de tes forfaits éteindre la mémoire,
Et brûle de te joindre aux champs de la victoire.

S T R Y A N G É E, *courant à elle.*

Ah ! madame, arrêtez et suspendez vos coups ;
Qu'un moment je me fasse encore entendre à vous,
Et qu'avant de verser tout le sang qui me reste,
Vous appreniez encor de quel destin funeste....
Cyaxare sans moi ne peut de votre camp....

ZARINE.

Et moi; je cours, seigneur, pour lui percer le flanc.
A tant d'inimitié le sort veut nous contraindre ;
Nous sommes ennemis et c'est ne rien enfreindre
D'aller ainsi chacun nous venger ou mourir.
Un cruel avec vous prétend vaincre ou périr.
Cessez de m'arrêter ; vous allez le défendre :
Je ne vous connais plus, et ne puis vous entendre.

(*Aux siens.*)

Amis , marchons.

(*Elle sort en ordre à la tête des siens.*)

SCÈNE IV.

STRYANGÉE, CYAXARE, BAGOAS, TRIDATE.

STRYANGÉE.

Que vois-je. O ciel ! elle me fuit !
En plongeant dans mon cœur le poignard du dépit;
Et loin de soulager le trait qui me déchire ,
La barbare sachant combien elle a d'empire....
Elle me laisse , ô Dieux !

BAGOAS.

Dans cette extrémité,
Je sens le dur excès de la nécessité ;
Et je commence à voir qu'il est des tems extrêmes
Que les cœurs les plus grands ont peinc à vaincre eux-
    mêmes.

Ayez encore sur vous assez de fermeté
Pour vaincre les fureurs d'un cœur trop agité ;
Et bannissant de vous ce désespoir funeste,
Rejoignez vos soldats, les Dieux feront le reste.

S T R Y A N G É E.

Plus le sort m'en sépare, et plus le sort m'y joint
Cette horreur du trépas, je ne la verrait point.

B A G O A S.

Tout près d'un tel effort où le destin vous lie,
Penseriez-vous pouvoir, sans trahir Médie....

S T R Y A N G É E.

Sans la trahir, ô Dieux ! cruel, que me dis-tu ?
Contre qui veux-tu donc irriter ma vertu ?
Ah ! ne rends pas mon âme encor plus criminelle ;
Elle l'est trop du coup qui la rend encor telle.
Mais quel penser me vient, faut-il ô Dieux ! faut-il
Qu'un tel penser m'accable, et que son trait subtil....
De son cruel flambeau faisant briller la flamme.
Un Dieu trop rigoureux puisse en blesser ton âme !
A ce trait, cher ami, penses-tu qu'un rival,
Etant pour mon malheur à mon amour fatal....

B A G O A S.

Quand je le penserais je voudrais peu le croire.
Mais de quoi donc, ô ciel ! blessez-vous votre gloire ?
Quelle est votre faiblesse ? Eh ! ne suffit-il pas
Que tant d'inimitié d'elle arrache vos pas ?

Et n'est-ce point assez qu'une haine immortelle
Entre le Scythe et nous montrant qui la décèle....

STRYANGÉE.

Dieux, et toujours la terre offrira teints de sang,
Ses enfans malheureux se déchirant le flanc.

BAGOAS.

J'en conviens, c'est un mal. Mais le sort, les Dieux
　　　　　même,
Ordonnent.

STRYANGÉE.

　　　　A ce trait ma douleur est extrême.
Tout me hait, tout m'accable, et le bonheur me fuit;
Et je le cherche en vain où le malheur me suit.
Zarine.... sa beauté, sa fermeté constante,
Ont, jusqu'à ses déserts, un charme qui m'enchante:
Je ne puis m'arracher à son appât flatteur,
Et le sort inhumain m'en a fait une erreur.

BAGOAS.

Surmontez....

STRYANGÉE.

　　　　C'est en vain, regarde ces ombrages,
Ah! ce sont des déserts et des antres sauvages:
L'air sans doute en est pur, et mon cœur sans regrets,
Y pourrait respirer la fraîcheur des forêts.

BAGOAS.

Ah! fuyez bien plutôt....

S T R Y A N G É E.

Oui, vois ces champs encore
C'est sans doute où le jour, en montant à l'aurore,
Du feu de ses rayons vient dorer l'Univers,
L'amour en a de même embelli ces déserts.
Non, je veux; mais que dis-je?

B A G O A S.

Et quelle autre pensée
Peut me montrer votre âme encore si blessée.
Vous tardez....

S T R Y A N G É E.

Je fais plus : j'aime jusqu'à ses lois.
De Cyaxare enfin je vois quels sont les droits.
Oui, Bagoas, je hais son odieux empire,
Je l'abhorre ; et l'amour tout autant me l'inspire,
Que ce plaisir cruel, et peut-être assassin,
De voir sans le vouloir un bonheur inhumain
Où le Mède tremblant fait frissonner la terre,
Le plaisir d'un barbare, et non d'une âme chère,
Le plaisir d'un cruel qui croit dans sa fureur,
A la terre apporter le règne de l'horreur.
Hélas ! s'il faut qu'un jour tout comme lui je règne,
Je voudrai que l'on m'aime et non que l'on me craigne,
Dans le suprême rang où nous place le sort,
Que l'on trouve la vie en place de la mort.
Et si je me trompais et si comme un autre être,
J'errais ainsi qu'un homme et m'égarais en maître,

Digne d'un rang qui doit faire chérir sa loi,
La vertu parlerait pour lors plus haut que moi.

BAGOAS.

Ce dernier trait nous rend la vôtre encor plus chère ;
C'est un don que le sort en tout vous a pu faire.
Vous m'avez du malheur souvent entretenu,
Le cœur vaillant d'un Mède en tout s'est reconnu.
Faut-il que votre amour vienne en troubler le charme,
Et jette en moi pour vous une mortelle alarme ?
Quand vous vous promettiez un plus heureux destin,
Vous l'arracherez-vous de votre propre main ?
Ah ! ne ternissez point l'éclat de votre gloire.
Zarine userait trop d'une telle victoire :
Oui, courez vous venger du succès de son cœur.
Un beau dépit souvent embellit sa valeur.
Arrachez un amour dans vous en vain qui règne,
Et faites qu'à son tour elle-même vous craigne.

STRYANGEE.

Me craindre ? quel conseil ! peux-tu me le donner ?
Est-ce dans moi celui que tu n'as pu blâmer ;
Ah ! tu devais du moins l'épargner à mon âme,
Quand j'éprouve en mon cœur d'une brûlante flamme
Le trait le plus sanglant dont ce cœur est percé,
Dont il est sous ses coups cruellement blessé.
Hélas ! dans son égal la vaillance, on l'honore :
Zarine sur son front sait l'embellir encore.
Son âme sur son front en a placé l'ardeur.
Quelle est donc de mon sort l'inflexible rigueur ?

Pour être né trop grand, trop fier, trop magnanime,
Je ne marcherai point sur les traces d'un crime.
Ah! dans un cœur peut-être aussi pur que le jour.
J'ignorais jusqu'alors les fureurs de l'amour.
Ses refus, ses mépris, sa beauté, sa vaillance,
Captivent encor plus ma fatale existence.
Elle me fuit; n'importe, et quels soient ses dédains,
Je veux la voir encor, et sans aucun desseins....
Mais, je n'ai plus d'espoir; mais la trève est rompue:
Mais je suis séparé d'une si belle vue.
Cyaxare! ah! cruel, fallait-il que tes pas....
Que tes yeux n'ont-ils vu ce qu'ils n'ignorent pas.
Mille fois plus barbare et plus inhumain qu'elle,
C'est toi qui m'as privé d'une image si belle!
Mais quel pressentiment vient me glacer d'effroi?
Ami, n'as-tu pas vu ce nouveau camp vers moi?
Un cruel en cachait les deux tiers à ta vue.
Ah! son lâche artifice et m'accable et me tue.
Ah! sans doute il l'a fait pour quelques noirs desseins,
Et le cruel en veut porter des coups certains.
Ah! quoi qu'en dise encor sa fureur politique,
Ce combat est affreux, inhumain, lâche, inique;
Zarine y périrait, défendant ses climats.
Non : j'en dois retenir les fureurs du trépas.
Son âme se sentant mortellement blessée,
Croirait ce coup parti de la mienne offensée,
Me ferait le complice et l'auteur de sa mort,
Achèvant de combler la rigueur de mon sort,
M'accablerait de noms dignes de l'homicide,
Dignes de l'attentat, dignes du parricide;
Et me laissant en proie à mes cruels remords,

Et me laissant en proie à mes cruels remords,
Mourante, emporterait son courroux chez les morts.

BAGOAS.

Qu'elle erreur est la vôtre et quel trouble coupable,
Ainsi qu'un malheureux sans cesse vous accable,
Quand celle qui vous charme en triomphant de vous,
Vous a déjà porté les premiers de ses coups?

STRYANGÉE.

Déjà qui m'apparaît? Est-ce une image errante?
Ciel! ô Ciel! c'est Zarine, elle-même sanglante!
Dieux! je vois de la mort ses beaux yeux se couvrir,
Et ses regards mourans aux miens viennent s'offrir.
Cher objet dont mon cœur honora le courage,
Est-ce un prestige heureux qui m'offre votre image?
Ah! laissez-moi du moins par ce triste retour,
Soulager, s'il se peut, les douleurs de l'amour.
Ah! Zarine, est-ce vous?.... Et quelle arme odieuse...
Que vois-je? Dieux! ô Dieux! sa blessure est affreuse.
Ah! monstres des enfers vomis par tous mes maux,
En oubliant.... O Dieux! avez-vous pu, bourteaux?
On l'entoure, on l'enlève, ou l'arrache à ma vue.

(*Tirant son épée.*)

Ah! mourez, inhumains, d'une horreur qui me tue...
Dans un rang malheureux la victime du sort:
Charge-t-on la vertu des horreurs de la mort?
En respectant, cruels, un titre si sublime,
On s'en rend, l'honorant, encor plus magnanime.
Tant de gloire où l'amour offrit son coloris,

Et montra de son cœur ses charmes embellis ,
La candeur , la beauté sans doute la plus pure ,
Voulant du vrai bonheur enrichir la nature ,
Tant de gloire où l'amour vint braver les hasards ,
Et montrant dans ses traits le feu de ses regards ,
Fit voir à ceux du jour avec le bonheur même ,
Un cœur né valeureux ceint de son diadême ,
Et vos barbares mains.... que le mien indigné
Immole l'assassin sous ses pieds trépigné.
Monstres , qu'en frémissant la clarté du jour souffre !
Dans son temple l'amour eut-il jamais un gouffre ?
Mais que vois-je ? ses yeux , de ténèbres couverts,
Pâles , mourans.... c'est trop, et je vole aux enfers....

B A G O A S , *l'arrêtant.*

O Ciel !

S T R Y A N G É E.

Ami , c'est toi!

B A G O A S.

Cruel , qu'alliez-vous faire ?

S T R Y A N G É E.

Des prestiges affrez , une aveugle colère....
Ce cœur qui s'égarait , qui t'oubliait , ami ,
Frappé, dans son erreur , aurait été puni.
Il ressent d'un cruel la fureur trop barbare ;
Il ressent de son sort le trouble qui l'égare ;
Des peines de l'amour ce cœur trop déchiré....
Un moment à tes yeux se montrait pénétré.

SCÈNE V.

STRYANGÉE, BAGOAS, EURIMOND.

EURIMOND, *l'épée nue, avec précipitation.*

J'ACCOURS , j'accours , Seigneur , d'une horreur
    odieuse ,
Vous annoncer jusqu'où la rage en est affreuse.
Vous paraissez surpris ; ne vous étonnez point.
Le Mède a vu le Scythe , et le Scythe l'a joint.
L'on s'attaque sans règle , ou plutôt on s'égorge.
Et la terre à nos pas de carnage regorge.

STRYANGÉE.

Ciel ! on s'immole !.... ô Ciel ! Zarine.... Justes Dieux !
Elle même au carnage... Ah ! que vois-je à mes yeux ?
Et de quel sang ton arme encor toute fumante....
Dieux ! Zarine vit-elle , où ton arme sanglante ?....
Dis , parle.

EURIMOND.

Avec les siens , au milieu du trépas ,
Son courage au péril enhardit ses soldats.
Une affreuse fureur , au milieu du carnage ,
Fait au Scythe par-tout un terrible passage.
Le Mède fuit déjà. Ses efforts sont déçus ;
Et les Mèdes défaits restent encor vaincus.

Mais c'est de ce combat le coup le moins funeste.
Cyaxare lui-même , et mon œil vous l'atteste,
Y va peut-être voir son courage trompé;
Et Zarine l'a joint ; et lui-même frappé....

S T R Y A N G E E.

Qu'entends-je , juste Ciel! et que viens-tu m'ap-
      prendre ?
Zarine , Cyaxare : ah ! qui dois-je défendre?
Tout prêt à me livrer aux horreurs du trépas ,
Entre l'amour, l'honneur, la gloire et ses appas....
Suis-je aux lois d'un barbare , ou suis-je à ce que
      j'aime ?
Et puis-je faire encore une effort sur moi-même?
Ah ! cruels, est-ce assez vouloir me dévorer ?
Ah! Bagoas, courons, volons les séparer.
Arrêter, s'il se peut, dans ma douleur mortelle ,
De leurs efforts sanglans la haine trop cruelle ,
Et ne permettre pas que des traits moins humains ,
De tant d'inimitiés ensanglantent leurs mains.

Fin du troisième Acte.

ACTE IV.

SCÈNE PREMIÈRE.

HORTÈS, NERFITE.

HORTÈS.

O DÉSESPOIR ! ô haine ! ô fureur innouie !
O terre ! entr'ouvre-toi, de nos coups ennemie !
Et jusqu'au sein caché de tes gouffres ouverts,
Engloutis-moi vivant dans le fond des enfers.

NERFITE.

Oui, Ciel ! et pour nous prendre en indignes victimes,
Découvre sous nos pas tes horribles abîmes.
Les Scythes sont vaincus, c'est la honte des Dieux.

HORTÈS.

Et le crime triomphe à la face des Cieux.
Et pour mieux le prouver des cruels sur la terre,
Sans cesse de ces Cieux tromperont la lumière,
Le barbare il devait lui-même être vaincu,
Et c'est lui qui triomphe et non pas la vertu.

NERFITE.

Seigneur, où fuit Zarine ? en ce moment terrible.

O Dieux ! rejoignons-la s'il est encor possible.
J'ai fait de vains efforts pour ne la quitter pas.
Hâtons-nous au plutôt de rejoindre ses pas.

H O R T È S.

Juste Ciel ! la rejoindre en ce moment funeste,
Le plus grand des malheurs est le sort qui lui reste.
Tu ne sais point encor du destin et des Dieux
Jusqu'où les coups sanglans ont pénétré ces lieux ;
Ils sont d'un monstre affreux désormais le repaire.
J'aurais cru la vertu d'une heure plus prospère ;
Jugeant que les destins ne différeraient pas
Le juste châtiment, les dignes attentats,
Du moment que toi-même ailleurs hors du carnage,
Etais loin de penser à ce terrible orage.
Apprends-le, on s'attaquait, et l'ange de la mort
Montrait d'un seul côté son infernal abord ;
C'était, c'était du mien. On se joint, on s'anime,
Et le fer aussi tôt marque l'instant du crime.
Tout-à-coup le dépit, la rage et la terreur,
Montrent de tous côtés le soldat en fureur;
On ne voit à l'instant qu'un aspect effroyable.
Je combats, mais en vain, et le nombre m'accable.
Les Mèdes sur les miens portaient tous leurs efforts.
A Zarine l'on dit les miens mourans ou morts,
La moitié renversée et les autres qui plient.
Elle accourt, elle vole, et les miens se rallient ;
Elle voit Cyaxare, elle enfonce ses rangs :
Et déjà ce cruel se sent toucher les flancs.
Un prince Mède accourt, lui-même il les sépare,

On nomme Stryangée , il défend Cyaxare ;
Et Zarine sur lui retient son javelot :
Elle semble égarée , et le Mède aussitôt
Voit ce prince , et soudain se ranime à sa vue.
Les Mèdes font sur nous une attaque imprévue ;
Un nuage de dards de leurs mains est lancé.
Zarine de leurs coups sent son coursier percé ;
Elle tombe , et soudain cette chûte funeste
Est l'horrible signal d'un dépit qui nous reste.
Mes yeux en semblent voir Alcide en ce moment,
Au carnage animé lui-même l'œil sanglant ,
A la fureur du sang ordonner une trève ,
Et descendre aux enfers en arracher un glaive :
Les Mèdes à ce coup redoublent leurs efforts.
Tout Scythe croit déjà leur chef entre les morts ;
La douleur nous abat , la douleur fait les larmes :
Les uns contr'eux soudain tournent leurs propres armes.
Plus sensibles , ceux-ci s'arrachent aux combats ?
Les autres pleins de rage , et mourans en soldats ,
S'efforcent du péril à retirer leur Reine :
C'est en vain. On l'entoure, on l'emmène, on l'entraîne.
Elle est captive.

N E R F I T E.

Dieux ! Zarine !....

H O R T È S.

                         Et moi , j'aurais
Dans ce combat laissé tous mes jours sans regrets,
Si les Scythes d'ici jusqu'aux bords de l'Arare (1),

---

(1) L'Arare , et non l'Araxe , fleuve de l'Arménie.

Jusqu'aux lieux où de lui le Neure nous sépare ;
N'allaient, à ce désastre abandonner nos mers.
Il en est dans ces bois voisins de ces déserts ,
Il en est dans un lieu qu'on croit inaccessible,
Dans les dangers pressans il n'est rien d'impossible :
Oui, sur l'heure, à mes pas ils vont se rassembler ,
Dussent-ils avec moi se voir tous immoler !....

N E R F I T E.

O Ciel! dans ce malheur que le sort nous atteste ?
Faudra-t-il employer un recours si funeste ?
Stryangée , oui ce Mède en générosité ,
Dont le Scythe connaît l'austère intégrité ,
Qui fait vaincre un barbare est à lui peu semblable ,
Qui révère nos lois bien loin d'être coupable.
Soit amour , soit vaillance....

H O R T È S.

O Ciel! que me dis-tu ?

N E R F I T E.

Ah ! pourra-t-il souffrir qu'une illustre vertu ?....
Il va prier....

N E R F I T E.

Prier ! quoi ! Zarine sans peine
Souffrirait que l'on prie un cruel dont la haine....
Et d'ailleurs , s'abaissant à ce recours honteux ,
Le succès hasardé n'en est-il pas douteux ?
Un cruel qui s'est fait au barbare courage ,

Et qui , des Dieux a pu même insulter l'image,

Ecoute-t-il la plainte et le cri d'un mortel?

Il se croit tout permis , le meurtre est son autel :

Du plus juste motif écoutant peu la cause ,

Le sang qu'il veut verser , il le croit peut de chose.

Non, non , ne cherchons point cet indigne secours ;

D'autres efforts , voilà quel sera son recours :

Punissant les mépris d'un tyran qui l'outrage ,

Il est digne de nous comme de son courage.

D'ailleurs, vois ces remparts , dans ces sombres forêts ,

Qui pourront arrêter le cours de ses forfaits ;

En punir sa fureur et sa rage infernale.

Roxanasse est leur nom : c'en est la Capitale :

On vient. C'est ce cruel. Ah ! sachons toutefois

Si de l'humanité son cœur connaît la voix.

Cours , fuis , laisse-moi seul , évite sa présence ,

Et rejoins dans ces bois Narcas qui me devance.

(Narcas sort.)

Je le vois ! il approche , et moi-même à ses pas ,

Ayant tout rallié dans l'horreur du trépas.

Quai-je à lui prononcer ? Mais Ciel ! pour le confondre !

Qui me dicte un moment ce que je dois répondre ?

O sang de Jupiter ! oui digne fils des Dieux

Vengeur de la Scythie , entends du haut des Cieux ,

Alcide , entend ma voix], écoute ma prière ,

Pour toi-même ton sang elle doit t'être chère.

Oui , toi qui des mortels.... Oui , toi qui des tyrans !

De Cacus , Gérion , de Nessus , des brigands ,

Des cruels Phalaris jadis purgea la terre ,

Si tu leur fis , Hercule , une éternelle guerre ,

Hercule , pour ton sang indignement aux fers ,
Seconde-moi du bras qui vengea l'Univers ,
Ou que , sans toi , les Dieux , dussent-ils m'en dis-
      soudre !
M'accordent tous leurs coups et le feu de la foudre.

SCÈNE II.

CYAXARE, HORTÈS, GARDES.

HORTÈS, *à Cyaxare.*

Oui , barbare , rends-nous l'objet de nos douleurs ;
Ou redoute à livrer son âme à tes fureurs.
Nous oublions.... Rends-nous....

CYAXARE.

               Ta Reine est mon esclave.
Je te pardonne encor ce zèle qui me brave.
Si tu veux qu'elle vive , abandonne tes lois ,
Laisse-là tes autels , et reconnais mes droits.
Sers-moi : voilà sa grâce , et c'est aussi la tienne ,
Viens m'adorer , ou crains et ta mort et la sienne.

HORTÈS.

Hercule , tu l'entends , et du centre des Dieux'
Tu n'accours pas soudain immoler à mes yeux !....

CYAXARE.

Obéis-tu , réponds , ou crains qu'un coup funeste....

HORTÈS.

Ma réponse est ton crime et le courroux céleste.
Cruel, sur un tel sang ton homicide bras....
Sa vertu, son courage, ont endurci tes pas.
Son âme est sans défense, et de ta main impie....
Où sont-ils les bourreaux, que ma fureur défie ?
Non, non, pour accomplir un forfait plein d'horreur,
Daignant peu voir jusqu'où va ta lâche fureur,
Dans l'effroi, dans l'espoir et l'horreur qui te guide,
Tu ne verseras pas le sang d'une Sacyde,
Les Dieux la défendront de tes impunités :
Ils punissent le crime et les iniquités.
Les Dieux, pour te punir t'ôteront la lumière,
Avant un tel forfait, s'armeront du tonnerre ;
Les Dieux ont différé de te donner la mort ;
Mais des iniquités le supplice est le sort.
Il eût suffi pour moi de voir mes mains fumantes,
Déchirer de tes flancs les dépouilles sanglantes,
Et tout Scythe, aux combats, en te perçant le sein,
Eût été satisfait, expirant de ta main ;
Mais armés avec lui, cent peuples de l'Asie
Vont assouvir sur toi leur horrible furie.
Dans tes champs saccagés, vois des antres du Nord
Accourir contre toi le ravage et la mort.
Ce n'est plus rien pour nous que la terre s'y lie,
Ce n'est plus rien pour moi de t'arracher la vie,
Cruel, regardes-en pour l'ôter de tes fers,
Eclater à tes yeux ces volcans dans les airs :
J'y crois voir Madyès venir, et son ombre paraître.

Oui, chère ombre, à ton sang puis-je te méconnaître ?
En prince magnanime, auprès de l'Imaüs,
Tu refusas ta fille à l'un des Darius,
Aux rives de l'Egypte une simple prière,
Pour ton cœur triomphant fut un trait de lumière,
En vainqueur généreux alors loin de l'Oxus,
Ton cœur de Psammitique écouta les vertus,
Et tu sçus retenir ton armée innombrable !
Abattu, dans les fers ton sang n'est point coupable !

  (*A Cyaxare.*)

Bourreau, pour en punir un cruel tel que toi,
T'en avons-nous prescrit d'abandonner ta loi ?
Tu triomphes, mais crains dans ta fureur horrible,
Tu n'as pas triomphé du coup le plus terrible....
Sous ton palais brûlant, sous ses murs écrâsés,
Sous Ecbatane en cendre et ses murs embrâsés,
D'autres coups vont s'offrir, peut-être sous un spectre.
Ce qui t'est le plus cher, les tiens, ton sang, ton
    sceptre :
Oui, cruel, tous les tiens égorgés, déchirés,
A tes mourans regards épars et massacrés....

   C Y A X A R E, *à ses Gardes.*

Qu'on l'arrête, soldats.

    H O R T È S.

     Est-ce là ton droit, traître ?
Est-ce en m'ôtant ce fer que tu prétendras l'être ?
Ce fer, en t'immolant, ne sera't point à toi.
Les Dieux me l'ont donné pour Zarine et pour moi.
Je t'attends : viens savoir si je pourrai défendre

Un sang que tu pourras mieux que le sien répandre.
Mais cependant, barbare en ma juste douleur,
Peut-être m'emporté-je avec trop de fureur,
Et m'armant du dépit au lieu de la prière,
Te montré-je de plus une âme trop altière ;
Eh bien je me soumets, fléchis-toi, prends pitié
D'un malheur où tu vois mon courage lié,
Trop souvent l'infortune à l'Univers, au monde,
En maux découvrira l'humanité féconde ;
Pardonne ma franchise ; excuse ma fureur,
Il est beau d'être grand et de voir son erreur,
Tu veux ce fer, de moi prends un tel sacrifice,
Sera-t-il dans tes mains pour rendre la justice ?
Sans peine je te rends un bien si précieux,
A mes yeux montre-toi plus grand, plus glorieux,
Songe, songe un moment que tes mains criminelles
Ont couvert pour jamais des ombres éternelles,
Un prince juste, humain, bien digne de nos lois,
Tout Scythe aura pitié de tes coupables droits,
Et si pour toi jamais ce peuple fut sévère,
Charme par la vertu cette humeur trop austère,
Que peut-être en naissant l'homme reçoit des Cieux,
Et qu'il doit embellir à l'exemple des Dieux,
Ainsi deviens humain montre que la clémence....

C Y A X A R E.

Non, traître, je n'ai point une telle démence,
Ta pitié n'est pour moi qu'une ombre de vertu.

H O R T E S.

Frémis, bourreau, frémis ; tu n'as pas tout vaincu,

J'ai voulu te fléchir par un moyen sublime ,
Pour un cœur généreux il était légitime ,
Après une fureur permise en combattant ,
En ami j'ai voulu te parler un instant ,
Vois regarde ces champs dont Madyès fut maître ,
Je te laisse cruel tu l'y verras peut-être.

C Y A X A R E , comme il sort.

Quel comble de l'outrage et de témérité ,
En ai-je pu souffrir toute l'impunité ?
J'en ai senti mon âme interdite et saisie.
Pour ma juste vengeance et sa lâche furie
Rejoignez-le , soldats , qu'il soit chargé de fers.

S C È N E   I I I.

C Y A X A R E , V A G O S È S.

C Y A X A R E , à Vagosès.

Approche , Vagosès, tes avis me sont chers.
(Deux soldats se détachent pour le joindre.)
Je puis , l bre à tes yeux d'honneurs , cette chimère
Que j'ai faite avec toi l'idole du vulgaire ,
Que l'hypocrite adule , et l'imbécile croit ,
Te parler d'un succès auquel ton cœur se doit.
Tu vois , tu vois combien je retiens ma colère ,
Combien , quoique vaincu , ce Scythe est téméraire ;
Sur le Parthe et sur lui tout mon pouvoir s'étend ,
Et je ne sais encor si je suis las de sang.

VAGOSÈS.

Ce vil impétueux , ce traître vous menace ,
Jusqu'à vous défier il porte son audace :
En lui donnant des fers vous palliez son sort ,
Et vous lui faites grâce , il méritait la mort.
Mais cette Scythe....

CYAXARE.

Ecoute , et je vais te surprendre.
Lorsque mon cœur à toi se sera fait entendie
Victorieux , tenant ma proie entre mes mains ,
Ne m'étant jamais fait de scrupules si vains
Que d'épargner le sang , lorsqu'il m'était funeste :
Crois-tu , quand j'en ai fait couler le moindre reste,
Qu'on m'a vu , sans pitié , le livrer à la mort ,
Et faire de mes mains dépendre tout mon sort ;
Crois—tu qu'en ce moment, craignant encor ma proie ,
Au fond de moi je sens une trompeuse joie.

VAGOSÈS.

Et quoi , vous , des remords , et de quels attentats ?
La mort de Marmarès affermit vos Etats.
Qui peut donc vous porter ces atteintes légères ,
Qui ne doivent troubler que des âmes vulgaires ?
L'amour....

CYAXARE.

Moi, Vagosès , qui ? moi! d'amour épris,
Pour lui l'ambition eut souvent des mépris.

VAGOSÈS.

Eh bien ! pour laisser vivre une telle captive ,

Vous avez donc, Seigneur, ouï sa voix plaintive,
Elle rabaisse donc de sa férocité.

C Y A X A R E.

Non, elle montre encor plus de témérité.
Son courage m'étonne, en secret je l'admire.

V A G O S È S.

Eh quoi ! vous prétendez régner sur son empire :
Vous allez voir les siens tomber tous à vos pieds,
Prosternés, confondus, et tous humiliés....

C Y A X A R E.

Oui, contemple avec moi du sein de la Médie,
Jusqu'où tout mon pouvoir va s'étendre en Asie.
Je vais, je vais enfin m'y faire révérer,
Les Parthes abattus vont venir m'adorer.
Cent peuples, et sur-tout, ces Scythes téméraires,
Dont les Mèdes jadis étaient les tributaires,
Défaits, vaincus, soumis, deviennent mes sujets.
Je n'aurais pas sitôt cru finir mes succès.

V A G O S È S.

Et lorsqu'un tel succès est l'œuvre d'un courage
Qui manqua de périr dans ce jour de carnage,
Pour mieux vous en venger, qu'avez-vous résolu ?
Vous avez sur leurs jours un pouvoir absolu.

C Y A X A R E.

Cette Scythe, en mes mains assure sa défaite :

Crois-tu si je la fais seulement ma sujette?

CENTER: VAGOSÈS.

Vous m'avez pu montrer quelle est votre terreur?
Et vous borneriez-là toute votre fureur,
En laissant, par les jours d'une telle ennemie
Votre gloire imparfaite et si mal affermie!
Ici n'aguère un Scythe a pu vous défier.
Tranchez des jours pour vous qu'il faut sacrifier.
Si Zarine ne meurt. Satrape de Scythie,
Pourrai-je conserver ses champs à la Médie?
Le Parthe dans ses bois, le Scythe sur ses mers,
Cent peuples qui verront sa fierté dans les fers,
Chercheront des moyens pour en briser sa chaîne,
Au feu de leur amour échaufferont sa haîne;
Et sa fureur joignant leur rage à son affront,
Pour mieux venger encor sa gloire et son renom,
En cherchera dans vous d'une main ranimée
Le bras qui l'asservit et qui l'a désarmée.
Le courroux est un feu qui brûle et qui nourrit,
Rarement on échappe au trait qui le guérit.
Prévenez cette Scythe, et hâtez son supplice.

CENTER: CYAXARE.

Ah! je sens comme toi qu'il faut qu'elle périsse;
Mais déjà l'on l'amène, et je la vois venir;
Vagosès, il me faut avec art la punir.
Je sens, en la voyant, revenir ma colère;
A mon juste courroux rien ne peut la soustraire,

Présentons lui la vie et la mort d'une main ,
Pour lui plonger de l'autre un poignard dans le sein.

SCÈNE IV.

CYAXARE, ZARINE, VAGOSÈS, GARDES.

CYAXARE.

Approche , ma captive , approche , et me révère ;
Tu vois , tu vois tes coups enfin dans la poussière,
Mon pouvoir établi jusque dans tes Etats ?
Te fait-il assez voir que j'avais des soldats.
Captive , sous mes lois quel audace hautaine ,
Oses-tu me montrer quand ta mort est certaine.
Crois-tu que je défère à ton courage en toi ?
Il est soumis , il rampe où je te fais ta loi.
Selon de divers mœurs au sein de la Scythie
Il s'est pu voir jadis quelque femme hardie ,
Honorée en mourant par quelque bas rivaux ;
Mais pour moi dans tes champs je ne vois point d'égaux.
Défaite , dans les fers où je t'ai su réduire
Que veux-tu ? répond-moi , que pourras-tu mé dire ?
Tu vois que désormais je pourrais me venger.
Viens tomber à mes pieds , ton mal sera léger.
Et reconnais enfin que les Dieux me chérissent.

ZARINE.

Par des ressorts secrets les Dieux souvent agissent.

Cache-m'en de ton front ce détestable orgueil,
Un injuste succès toujours masque un écueil.
Reconnais ton erreur ; Sage dans ses maximes,
Le Ciel ne peut jamais mettre en oubli les crimes.
Sa vengeance il est vrai souvent marche à pas lents,
Mais on la voit venir au moment qu'il est tems ;
Et si ce Ciel te semble aux attentats propice ,
Tôt ou tard il punit et fait voir sa justice.

CYAXARE.

Quoi ! je t'ai terrassée, et je t'ai faite esclave,
Et ton audace encor se déploye et me brave ?

ZARINE.

Je l'avoue , il est vrai , mes efforts sont déçus ,
Ils ont été surpris , et ne sont pas vaincus.
Ne t'enorgueillis pas d'une telle victoire ;
Je t'en allais, ce jour , ravir toute la gloire ;
Tu dédaignais mes coups : je t'allais détromper.
Un Mède est survenu ; je n'ai pu le frapper.
Tu ne la dois qu'à lui :

CYAXARE.

J'étais à ta défaite.
On t'a vue à mes coups devenir ma sujette ;
Lui-même était alors entouré par les tiens ,
Lorsque je t'accablais secondé par les miens ,
Mais sans examiner ta force ou ta foiblesse ,
Ce courage vulgaire , et cette vaine adresse
Que le plus rigoureux d'entre tous mes soldats

Rabaisserait dans toi , te donnant le trépas
J'ai soumis un Etat dont tu t'es faite arbitre ;
En l'ayant défendu tu perds tes droits , ton titre ,
Tu sers , je t'ai vaincue ; ils ne sont plus qu'à moi.

Z A R I N E.

Et tu m'oses le dire , et je l'apprends de toi ,
As-tu donc oublié que sans ton homicide ,
Marmarès , traître....

C Y A X A R E.

　　　　Arrête un courroux qui te guide ,
Et ne rappelle point le spectre desséché
De ce Roi chez les morts que mes mains ont caché.
Tu vois ce que je puis ; c'est mon plus grand mobile ,
Le sort sert mes désirs ; montres-y toi docile.
Mes droits par ta défaite assez te sont connus ;
Je suis victorieux , rappelle-toi, Ninus.
Ninus jadis du Scythe affranchit la Médie ;
J'ai délivré les miens du joug de la Scytie ,
J'imite encor Ninus. C'est la loi du plus fort
Qui fait tous nos motifs , et corrige le sort.
Affermis mon pouvoir , meurs , ou sois ma sujette ,
Et n'attends pas sur tout que je te le répète ;
Ton choix est-il fait ? Parle , ou bien dois-tu périr ?

Z A R I N E.

Tigre , qu'exige-tu ? Ne puis-je pas mourir ?
Monstre , je ferais honte au jour qui m'a fait naître ,
Si mon sang épargné pouvait lâchement l'être.

Oui, hâte mon trépas, car un jour, dans ton flanc,
Pour ton lâche attentat j'eusse épuisé ton sang.
Marmarès chez les morts, voulait que pour victime
Ton sang versé ce jour, expiat plus d'un crime
Le sort, le sort encor ne le peut approuver.
J'ai fait ce que j'ai dû, je vais le retrouver !
Le sort le veut, l'ordonne, et je dois m'y résoudre :
Tu m'écoute cruel, vois ce Ciel, vois la foudre,
Et viens percer ce cœur à son malheur uni,
Qui, s'il était armé, t'aurait déjà puni.
Mais cependant, cruel, écoute ta captive,
Avec toi veut traiter et veut que ton sang vive,
Peut-être je devrais plus cruelle à mon tour,
Desirer qu'à ma mort l'on t'arrachât le jour.
Mais par vertu je cesse, à ta fureur extrême,
De vouloir désormais que tu trembles toi-même,
Affreux dans les détours d'une fausse équité,
Tu fis frémir d'horreurs les Dieux, l'humanité,
Agis mieux, sois grand, juste, humain, bon, magna-
          nime.
Je n'ai point, tu le vois, un cœur pusillanime;
Je devais me venger d'une horrible fureur.
Toi-même tu le sais dans le fond de ton cœur !
Peut-être fléchirai-je en des retraites sombres
Un guerrier que tes mains ont caché chez les ombres;
Vaillant dans la Scythie il fit aimer sa loi;
Il fut grand, tu le sais, sans doute plus que toi.
Respecte le malheur, pleure sur tes victimes;
A force de vertus efface tous tes crimes,
Fais tomber de mes mais ces méprisables fers,

Et par un tel effort étonne les enfers,
Pour que l'on dise un jour Cyaxare en Scythie,
Respecta la vertu d'une fière ennemie,
Avec un repentir commença ses bienfaits,
Et par ce trait sublime effaça ses forfaits.

C Y A X A R E.

Je ne veux point ainsi me faire à ton audace,
Je veux que de mon rang dépende ta disgrace.
Ecoute bien, toi-même, que ta témérité
N'ajoute rien de plus à ta férocité.
Je te donne ma main, vois quelle est ma demande,
Je te veux épouser, que faut-il que j'attende ?
Cette offre te surprend, ainsi je te la doi
Soit politique ou non, je veux m'unir à toi.
D'une vaine faiblesse aveuglément folâtre,
Je ne me frappe point en amant idolâtre ;
Et ne m'amuse point à ces beaux sentimens
Qu'inventent tous les jours les vulgaires amans :
Pouvant t'aimer ou non, c'est ma loi la plus forte,
Je l'exige de toi le reste peu t'importe ;
Qui t'agite, quel front, quel aspect, quel regard....
Me refuses-tu, parle, et crains que ce poignard...

Z A R I N E.

Qu'ai-je ouï, justes Dieux ! est-ce pour me confondre
Que je me vois réduite encore à lui répondre.
　　　(A Cyaxare.)
Et qui t'empêche donc de me percer le sein ?
Et de ce même fer, de ce fer dont ta main
A su si lâchement dépouiller mon courage,

De ce fer pris par moi pour un plus digne usage ;
Pour délivrer mon cœur de ton horrible aspect,
Par ce coup de ta main aussi lâche qu'abject,
Et me faire à tes yeux expirer ta sujette !
Monstre, que tardes-tu ?

CYAXARE.

          Tu seras satisfaite.
Ainsi, je n'étais pas assez même irrité,
Et ton audace encor brave ma volonté.
Malgré que je savais que ta mort m'était due;
Ta haîne vient encor d'éclater à ma vue.
Dans ton pays barbare, humble sans dignité,
Où l'on vit plus souvent l'horreur que l'équité,
Tu m'ôses disputer et veux même défendre
Un titre où désormais tu n'as plus à prétendre....
C'en est fait, tu vas voir où ton sort est jeté,
Quel bienfait va, ce jour, t'accorder ma bonté.
Gardes, que l'on la laisse, oui, je veux qu'elle vive,
    (*A part à Vagosès.*)
Tu m'entends, Vagosès. Gardes, que l'on me suive.

SCÈNE V.

ZARINE, VAGOSES.

ZARINE, *comme il sort.*

QU'AI-JE ouï l'assassin décide de mon sort,

Et pour partage , ô Dieux , je n'ai plus que la mort ,
Et je vois son complice examiner sans doute
Pour combler un forfait ce qu'un lâche redoute.

VAGOSÈS, *à part.*

Oui , certes , sans témoin pour ce terrible coup,
Voyons observons bien , examinons partout.

ZARINE.

Je n'aurais cru jamais à ce revers terrible ,
Si ce moment affreux est pour moi plus horrible ,
Dieux ! où donc avez-vous abandonné mon cœur ?
Je frémis , mais ô Ciel ! serait-ce encor sans peur.
L'arrêt de mon trépas est dicté par vous même ,
Et puisqu'il vient des Cieux c'est une loi suprême.
Périssons puisqu'ainsi doit périr ma vertu ,
Mon cœur est criminel puisqu'il reste vaincu.
  (*A Vagosès.*)
Oui ! tigre affreux qui sers un tigre qui t'anime ,
Hâte-toi , viens frapper et prendre ta victime ;
Approche , vole , immole , et me perçant le sein ,
Fais ce qu'il n'eût point fait les armes à la main.
J'ai fait voir au cruel la fermeté d'une âme
Qui craint peu du malheur la plus horrible trame.
En montrant à tes yeux , combien même en mourant
Je méprise la mort des mains d'un tel brigand ,
Dis-lui qu'à mon trépas , sans répandre de larmes ,
Sans que je l'invoquasse, elle eut pour moi des charmes,
Qu'espérant que les miens , pour moi , pour Marmarès
Dans son sang odieux puniront ses forfaits.
Elle m'est un secours qu'un immortel me donne

Pour me ravir un cœur que le sort abandonne.
Hâte te toi, vole, viens, barbare, et m'immolant....
Mais, que vois-je, cruel, toi-même, en reculant,
Sans armes; penses-tu que je puisse défendre
Un sang que tous les miens ont vu souvent répandre?
Ah! donne ton poignard, donne, et qu'un assassin
Apprenne que le trait en partit de ma main,
Et qu'à ma mort par moi, dans un coup peu timide,
A tes cruels regards en tombe une Sacide.

VAGOSÈS, *le poignard nu, à part.*

Certes, c'est trop tarder rien ne s'offre à mes yeux...
  (*A Zarine.*)
Frappons, il en est tems, oui dans ces mêmes lieux
Ce bras qui prend plaisir à te voir dépouillée
Va bientôt te cacher dans l'opprobre oubliée.
            (*A Part.*)
Tout en trompant un peuple il faut n'être qu'à soi,
Pour vivre plus heureux n'avoir ni foi ni loi.
Si je suis sans pitié tout comme Cyaxare.
Il est beau triomphant de demeurer barbare:
Pour son propre bonheur un adroit scélérat,
En paraissant humain cache son attentat,
Sa sage politique est d'embellir ses crimes,
Faisant ainsi couler le sang de ses victimes.
Mais si je l'assassine et verse tout son sang,
Dois-je craindre un retour plus que le coup n'est grand?
Cyaxare aura-t-il un remords de sa gloire ?...
Non, ma place en dépend, c'est ce que je dois croire,
En secret il me fit égorger Marmarès,
Je fus tout à ce meurtre, et je m'y consacrais :

(*A Zarine.*)

Sans doute exécutons. Oui, puisque ton courage
Est demeuré vaincu, la mort est ton partage.
Par un forfait heureux je t'immole en tes fers,
Et le grand intérêt est le Dieu que je sers ;
Il n'est nulle pitié qui puisse dans mon âme,
M'empêcher de tes jours d'exterminer la trame.

(*Courant à elle.*)

Oui, meurs et sous ce fer tombe....

SCÈNE VI.

ZARINE, STRYANGÉE, BAGOAS, VAGOSÈS.
GARDES DE CYAXARE.

B A G O A S.

Que vois-je ?

S T R Y A N G È E, *soutenu par Bagoas.*

Dieux !

V A G O S E S, *cachant son poignard.*

Ciel !

S T R Y A N G É E, *tirant son épée.*

Meurs, monstre, toi-même, oui, meurs et que
les Cieux....
Où suis-je ? Ma fureur... Ma douleur trop extrême...
Je frémis, je frissonne, et ce jour criminel
Sous moi n'entrouvre pas un abîme éternel.
Dieux ma force me manque en un jour si terrible.

(*A Bagoas.*)
Cher ami , qu'éprouvé-je en ce moment horrible ?

          (*A Vagosès.*)

Mais mon cœur se ranime , exécrable assassin ,
Si ce n'était encor.... Ce bras plus inhumain
Sans regret.... Dieux que dis-je , à ce coup si coupable ,
Je ne puis achever et la douleur m'accable ?

    V A G O S È S , *à part* , *revenu de son trouble.*

Tout comme lui saisi d'un pareil contre-tems ,
Je ne sais que lui dire ? Ah ! reprenons mes sens,
Feignons , et répondons à sa surprise étrange.
Quand on aime l'horreur , il n'est rien qui nous change.
Je ne connais de lois que crime , atrocité ,
S'en servir à l'excès est intrépidité.
Que veut dire son trouble , et quel soin l'intéresse?...
Payons d'audace autant que de scélératesse.
  (*A Stryangée.*)
Cyaxare , Seigneur....

     S T R Y A N G É E.

          Et ta main, monstre affreux ,
Pour assouvir ta rage en tigre furieux ,
A voulu , sans frémir , par un semblable crime ,
Prendre sans pitié nulle une telle victime ;
Dieux ! et ces mêmes Cieux , oui , ces cieux que je voi
N'ont pas en le voyant , n'ont pas tonné sur toi?
Dis excécrable monstre en donnant le courage ,
Le sort pour l'immoler forma-t-il son ouvrage?
Eh ! ne suffit-il pas que les dons les plus grands

Restent un jour cachés dans l'abîme des tems ?
Et quand ce même sort veut prendre une victime,
Faut-il pour lors qu'il soit pour accomplir un crime,
Des monstres tels que toi qui puissent s'aveugler,
Et quelque affreux bourreau tout prêt à le combler?
Fuis , monstre horrible, fuis.

V A G O S È S , à part.

                       Une foudre imprévue
Frapperait-elle ainsi mon âme confondue,
Qu'entends-je, ciel ! moi-même ? en ai-je encor pâli?
L'ordre de Cyaxare est-il si peu rempli ,
Et pour une barbare, et pour une Sacide ,
En montrant de l'amour le trait le plus perfide ,
Sa douleur.... Sa fureur.... O Dieux , le vois-je bien ?
Il aimerait.... ô Ciel ! d'un tel effroi , du mien
Courons à Cyaxare apprendre la nouvelle....
Et qu'il fasse sur l'heure arrêter ce rebelle.

Z A R I N E , à Stryangée comme Vagosès sort.

Dans quel trouble vous vois-je encore anéanti ,
Seigneur, si par le sort mon cœur est démenti ?
Si d'un monstre éprouvant la rage criminelle
Sans vous j'allais subir le sort d'une mortelle.
Ainsi restant en proie au crime du plus fort ?
J'étais une victime envoyée à la mort
Qui se voit immoler et périr en coupable.
Puisque je vis mon sort n'y paraît plus semblable.
Calmez un tel effroi , je respire , Seigneur.

S T R Y A N G É E .

Je sens se dissiper un reste de terreur.

Et de ce que j'ai vu mon âme est si frappée,
Qu'elle demeure encor d'un voile enveloppée.
Dieux ! suis-je rappellé d'un jour plein de fureur,
Ainsi donc pour en voir un forfait plein d'horreur,
Et vous, Zarine.... O Dieux ! O·Dieux ! est-il pos-
    sible,
Que le sort est cruel ! qu'il est souvent horrible !
Mais, hélas ! à ce trait qu'à peine je conçoi,
Qui dans moi jette encor le plus mortel effroi,
Abominable, affreux, dont l'excès, dont la trame
Dont le seul souvenir fait frissonner mon âme ?
Dieux venez au plutôt, dans ce moment de sang,
Un barbare, un cruel m'arrachera le flanc....
Hâtez-vous de chercher une prompte retraite,
Où l'on respectera votre illustre défaite.
Dans ce jour si sanglant de ma douleur suivi,
Que ce dernier bonheur ne me soit point ravi.
De moi ne craignez plus une plainte importune.
C'est au lâche à braver les coups de l'infortune :
Oui.... venez.... d'autres soins, certes bien moins
    affreux
Pourront, n'en doutez pas, de traits moins odieux
Pour un droit quelquefois qui manque à la victoire,
Et qui ne nous rend pas moins digne de mémoire...
Hélas ! comptant ici les momens que je perds,
Je sens, en les perdant, combien ils me sont chers.
Hâtez-vous... mais que vois-je...

SCÈNE VII.

ZARINE, STRYANGÉE, EURIMOND, *Gardes de
Cyaxare.*

EURIMOND, *à Stryangée.*

AVEC effroi ma bouche
Tremble à vous avouer un ordre qui vous touche,
Mais vous-même, il vous faut, suivre à l'instant mes
        pas,
Sur l'heure m'obéir, et ne résister pas.

STRYANGÉE.

Qu'entends-je? juste Ciel !....

EURIMOND.

D'un ordre si sévère
Je frémis mais je dois accomplir le mystère.
Mais en l'accomplissant j'obéis à ma loi,
Et je tremble pour vous aussi bien que pour moi.

STRYANGÉE.

Où suis-je? juste Ciel! quoi! seul et sans défense...
Et le barbare ainsi par une lâche offense...
Se peut-il? Justes Dieux !... mais, madame...

ZARINE.

Ah ! pour moi
Rassurez-vous , Seigneur , et montrez moins d'effroi.
D'après un tel malheur que de près j'envisage ,
Je m'attendais pour vous à ce nouvel orage.
Les Dieux par vous m'ôtaient aux coups d'un assassin ;
Ils me livrent encore à son cœur inhumain.
Il en veut à vos jours , pour vous c'en est la trame ,
C'est à lui de trembler , et non pas à votre âme :
Allons , Seigneur , je cours au-devant de ses coups.

STRYANGÉE.

Ah ! sans doute , j'y cours et j'y vole avec vous.
Oui , madame , j'y cours... mais pour briser vos chaînes.
Tant que l'astre qui luit , témoin de tant de haînes...
Oui , j'y cours , et le crime , en recevant son prix ,
Peut-être fera voir pour vous ce que je puis.
Contre un droit désormais que j'ai bien lieu d'enfreindre ,
Serait-ce encore à moi...... vous immolant sans craindre ,
Il n'accomplira point une pareille horreur
Sans qu'il n'en comble en moi l'exécrable fureur.

Fin du quatrième Acte.

ACTE V.

SCÈNE PREMIÈRE.

CYAXARE, VAGOSÈS.

CYAXARE.

De ce que tu dis , Ciel ! Si grande est ma furie ,
Que mon âme en demeure horriblement saisie ,
Que je reste accablé du plus affreux sanglot ,
Et que je ne saurais proférer un seul mot :
Ainsi que mon courroux ma surprise est terrible ,
L'as-tu pu répéter à ma fureur horrible ?
Un traître se peut-il ? Se cachait dans mon sein ?
Il aime , m'as-tu dit , Dieux ! et vu que ta main ?...

VAGOSÈS.

Etait prête à frapper ; et que cette ennemie
A mes pieds abattue allait rendre la vie
Quand le traître au combat qui , séparé de vous ,
En ayant devancé la trace de vos coups ,
Ignorait le destin de cette prisonnière ,
L'appellait au carnage , et d'un bras téméraire
Où l'on trouve la mort s'élançait sans effroi ,
Voulant mourir alors sans que l'on sçut pourquoi ,

M'a surpris, tout rempli du dépit qui l'anime,
Et m'eût, sans sa douleur, fait tomber sa victime.

C Y A X A R E.

Et le perfide ainsi me cachait ses amours !
O Dieux ! avec quel art déguisant ses détours
Pour colorer mes coups d'une fausse injustice
De tant de perfidie il voilait l'artifice !
Mais le traître est aux fers, le traître est arrêté,
Pour cette Scythe envain furieux transporté.
Et je sens apprenant cette perfide trame
Que toi-même tantôt en irritant mon âme,
Dans mes pressentimens tu semblais dévoiler
Un traître qu'en mon sein j'avais pu recéler. [1]
Ah ! c'est peu que de moi je banisse un vain trouble,
Que ma vengeance croisse, et ma haîne redouble ;
C'est peu que t'écoutant encor plus que jamais
Je doive par sa mort affermir mes succès.
Je veux, je veux avant d'écrâser ce vipère
Donner à mon courroux une vengeance entière.
Je veux que de mes mains pour le mieux déchirer
Le traître voye ici la barbare expirer.
Mais je sens toutefois pour combler sa colère
Qu'il faut souvent tromper ce vil et bas vulgaire
Qui, sur tous nos desseins facile à s'aveugler,
Baise la main qui sait avec art l'accabler,
Et qui, né pour servir, s'il ne rampait esclave,
Oserait à nos droits imposer une entrave.
A cela qu'il m'est doux d'avoir auprès de moi
De ces êtres cruels sans pitié ni sans foi,

On sait sur de tels point dans les tems où nous sommes,
Les jugemens rendus par de semblables hommes
Sur de vils innocens en proie aux coups du sort,
En objets méprisés que l'on livre à la mort.

V A G O S È S.

Et vous savez de plus la ressource équitable
Dont on se sert pour rendre un être plus coupable.
Oui , je vole pour vous gagner tous les esprits...

C Y A X A R E.

Que l'or brille à leurs yeux , qu'ils soient par toi séduits.

V A G O S È S.

Par des fêtes , des jeux , absorbant le supplice,
Je vais joindre l'audace et l'ombre à l'injustice,
Et le jus de Bacchus par douce effusion ,
Y va couler par tout avec profusion ,
On sait combien son feu causa de barbarie !
J'invente des moyens qui par sa frénésie
Exaltant l'attentat jugé moins odieux,
Transforment le plus lâche en tigre furieux....

C Y A X A R E.

Peins leur cet aître , et lâche , et parjure , et rebèle ,
Je t'avourai de tout , et j'apuirai ton zèle.

V A G O S È S.

Excitant les discours de tous vos affidés ,
Par moi dans leurs fureurs ils seront secondés ,

Telles pour triompher sont les lois de la guerre ,
Il n'est ni parenté , ni nœuds , ni droits de père.
Tout acte est légitime en un si haut degré.
Et la mort la plus prompte est juste à votre gré.
Plus le cœur est né fort , plus jugeant son semblable,
Il doit l'exterminant le rendre plus coupable ;
Et tout ambitieux doit être satisfait
Lorsque pour son bonheur il comble un beau forfait ,
Et que tout glorieux de contempler sa proie ,
Il verse un sang qu'il fait ruisseler avec joie ,
Qu'avec l'or et la gloire terminant ses hauts faits ,
Il rend de vils mortels garans de pareils traits.

C Y A X A R E.

Par la forme un complot où le perfide en traître ,
Soit soupçonné coupable et condamné pour l'être....
Il a sans doute dit ce que ta main a fait ,
Accuse-l'en lui-même et démens ce forfait ;
Dis que par toi ma main en cherche le complice ,
Que ce soin est dans toi l'effet de ma justice ;
Donne-lui le vernis du fourbe sans honneur ,
Avec l'humble vertu mets aux prises l'horreur ,
Joins l'artifice au rapt et le meurtre au parjure ,
De forfaits supposés passe l'outre mesure ,
Et m'amène bientôt mes plus braves soldats ,
Et je ferai frémir à l'aspect du trépas.

V A G O S È S.

Pourtant , à ces moyens qui manqueraient peut être ,

Et n'accéleraient pas le châtiment d'un traître,
Je réfléchis pour vous , et pour votre destin ,
Un trépas qui serait plus prompt et plus certain.
Du bonheur dégorger la ferme barbarie ,
Ne se lasse jamais et ne se rassasie ,
Souriant elle voit sous le fer d'un bourreau ,
Le sang qui fume encor rejaillir du couteau.
Avant assurez-vous ici de la victime ;
Feignant plutôt dans moi de pardonner un crime ,
Paraissez à nos yeux vouloir tout oublier ;
Et témoignant vouloir vous réconcilier....

C Y A X A R E .

Non , il se douterait du breuvage funeste.
Fais ce que je t'ai dit et je ferai le reste....

(Vogosès sort.)

S C È N E II.

C Y A X A R E , seul.

Oui , prévenons le coup de cette trahison ,
Et dans le sang d'un traître étouffons tout soupçon ,
Punissons ce perfide , et que chargé du crime ,
Il tombe sous mes coups en coupable victime.
De ce traître en secret mes yeux étaient blessés ;
Je suis victorieux , et pour moi c'est assez.
Il n'est plus à mes yeux qu'un instrument servile

Dont je dois me défaire, et qui n'est plus utile.
Oui, vengeons-nous de lui, mais vengeons-nous si
     bien
Qu'à ma vengeance pleine il n'y manque plus rien.
Réfléchissons pourtant que je forge, imagine,
Quel trépas le plus sûr doit combler sa ruine ;
Condamnés par la force ainsi légalement,
Les ferai-je mourir tous deux publiquement ?
De pareils attentats il est plus d'un exemple,
Lors qu'ils sont accomplis on tremble et l'on contemple
Des arrêts du destin le décret éternel ;
Et toujours le plus faible est le plus criminel.
Si comme la vertu le crime à sa défense,
Ai-je pu d'un moment oublier ma puissance ?
Assassiner dans l'ombre ou bien à haute voix,
Entre ces deux moyens je ne fais plus de choix.
Ah ! Si, dans son amour, pour tant de perfidie,
Près de voir expirer une telle ennemie,
Naguère ici ce traître a frissonné d'horreur
Pour lui quel déplaisir, pour moi quelle douceur,
De montrer à ses yeux cette Scythe expirante
Pâle, défigurée, immolée et sanglante.
De pouvoir lui causant la plus vive douleur,
Enfoncer tout-à-fait le poignard dans son cœur;
Et sans nulle pitié par l'horreur la plus noire
Lui donner tout entier l'assassinat à boire.

S C È N E   I I I.

C Y A X A R E ,   V A G O S E S.

C Y A X A R E.

JE te revois. Quel trouble!....

V A G O S È S.

Ah! Craignez pour vos jours;
Vos soldats, à ma voix, sont tous demeurés sourds;
Le traître les a joint, il a séduit sa garde;
Et par de ces discours que toujours l'amour farde,
Il soulève les siens, il leur a tout appris.
Les vôtres comme lui du crime sont instruits;
Pour les jours d'une Scythe ils prennent sa défense,
Et par lui sont armés du fer de la vengeance.
Et je crains désormais qu'en ce pressant danger,
Sur vos jours et les miens ils n'aillent la venger.

C Y A X A R E.

Dieux! Et ces vils mutins qu'arme sa main hardie
Osent contre mes jours seconder sa furie!
Osent...Mais Vagosès! Qu'ai-je à craindre, et de quoi?...
Est-ce à moi désormais de montrer cet effroi.
Va je te défendrai repoussant leur audace;
Il n'est plus tems de feindre, employons la menace.

V A G O S È S.

Ici dans un moment j'amenais près de vous
Quelques soldats tous prêts à seconder vos coups,
Mais pour vous assurer d'une pleine vengeance,
J'ai caché tous leurs pas dans l'ombre et le silence.

C Y A X A R E.

Eh bien donc rejoins–les , vole, cours, hâte-toi;
Et reviens aussitôt te ranger près de moi.
                              (*Vagosès ici sort.*)
Ah! d'un traître avec eux je saurai me défendre,
       (*Cyaxare , à part.*)
Et par leur vue ici je vais bien le surprendre.

S C È N E   I V.

CYAXARE, VAGOSÈS, STRYANGÉE,
Soldats Mèdes.

S T R Y A N G É E , *tuant Vagosès dans le fond du théâtre*
à l'instant qu'il reparaît.

Ah! Je te rejoins donc monstre horrible à mes yeux,
Monstre qu'épargne encor le tonnerre et les Dieux!...
Meurs, meurs; et que l'enfer pour peine qui t'est due
Par son centre entr'ouvert t'engloutisse à ma vue;
L'Univers est purgé d'un monstre tel que toi.

C Y A X A R E , *seul.*

Dieux , que viens-je d'entendre , et qu'est-ce que je
      voi?
Un front désespéré , le bras plein de furie....
Vagosès sous ses coups vient de rendre la vie.
Ses soldats.... Dieux! ô Dieux , quelle foule le suit ?
A quel abaissement , ô Dieux ! suis-je réduit ?
Plein du perfide coup que son âme médite ,
Quelle fureur , le traître, et l'anime , et l'agite.
Ah! Dans ce même instant de vengeance et d'horreur ,
Armons-nous contre lui de sa propre fureur.
Pour le punir je trouve une infaillible voie.
De sa Scythe , et de lui ne faisons qu'une proie ;
Et qu'au défaut du fer , au défaut du poison ,
Un mensonge subtil égare sa raison.
Le traître , je le vois jusqu'ici qui s'élance ;
Pour tenir les mutins , gardes que l'on s'avance.

SCÈNE V.

CYAXARE, STRYANGÉE, BAGOAS , *Gardes de
Cyaxare , Soldats mèdes.*

S T R Y A N G É E.

Non tu ne mourras point , objet cher à mes yeux.
J'en atteste à la foi mon courage et les Dieux.

Ces Dieux ces mêmes Dieux qui pour horreur extrême,
Dans un cœur si vaillant qu'arma la vertu même,
Non, ne permettront pas pour ternir leurs bienfaits,
Que la vertu périsse en place des forfaits.

(*A Cyaxare.*)

Oui, je le vengerai ce meurtre abominable,
Cruel, que la vertu m'a rendu détestable ;
Et Vagosès, expire, et j'ai brisé ces fers,

(*Jettant ses chaînes aux pieds de Cyaxare.*)

Barbare ; et pour en rompre, et d'affreux, et de chers,
Pour venger à la fois, et la terre indignée,
Et la valeur ainsi lâchement dédaignée,
Pour délivrer un cœur de ses indignes fers
J'irais, cruel, j'irais jusqu'au fond des enfers,
Plein du cruel dépit que retient mon courage,
N'écoutant plus de lois que celles du carnage,
Plein du cruel dépit qui déchire mon cœur,
Des monstres du Tartare épouvantant l'horreur,
J'irais, cruel, j'irais pour sauver ce que j'aime,
Y trouver un barbare, et m'y chercher moi-même.

CYAXARE.

Et plein d'un tel espoir qui seul te fait agir,
Penses-tu me braver, ou plutôt me fléchir ?
Crois-tu pouvoir ravir ta Scythe à ma colère ?
Traître, à tout mon courroux rien n'a pu la soustraire ;
Et j'ai su me venger, et j'ai su te punir.
Ta Zarine n'est plus ; et va la voir mourir.

S T R Y A N G É E.

Dieux ! Zarine !....

C Y A X A R E.

Aux enfers va joindre cette proie ;
Où plutôt va la voir dans son sang qui se noie.
Oui , perfide elle meurt , on la vient d'immoler ,
Et dans ce même instant , son sang vient de couler.
Grâces aux immortels ! malgré ta perfidie ,
J'ai su trancher les jours d'une telle ennemie ,
Me venger de tes coups , et punir ton amour.
Viens , si tu l'oses, viens t'en venger à ton tour.

S T R Y A N G É E, *à part.*

Elle meurt , et ma main à ce trait exécrable....
Mais que dis-je ce coup serait trop effroyable.
Non barbare elle vit , elle n'a pu mourir.
L'artifice est grossier. Ainsi prêt à périr ,
Inhumain pour sauver ce que j'ai peine à croire
J'écouterais mon cœur aussi bien que ma gloire ,
Et ce Ciel qui m'entend garant de ses bienfaits
Ne verra point ce cœur se faire à des forfaits.
Mourir pour la vertu c'est venger ce qu'on aime ,
C'est le sort le plus beau , c'est se venger soi-même.
Oui , barbare , entre nous à ces traits inhumains ,
Je ne connais plus rien....

C Y A X A R E.

Tu n'en crois pas mes mains ,

Tu persistes ; tiens vois , aux traces que tu souilles,
Ces lambaux qu'ont laissé ses sanglantes dépouilles.

STRYANGÉE.

Elle n'est plus....

CYAXARE.

Oui , traître.

STRYANGÉE.

O Terre ! entr'ouvie toi !
Je frissonne d'horreur et ne sais si c'est moi
Qui du soleil encor suporte la lumière.
Quoi , barbare !....

CYAXARE.

Elle touche à son heure dernière.

STRYANGÉE.

Quelle horreur ! je succombe ; O secours superflus !
O douloureux transport de mes sens abattus !
Elle meurt , justes Dieux ! Dieux , et meurt ma victime!
Et dans le gouffre affreux où mon âme s'abime ,
N'ayant pu l'arracher à tous ses assassins ,
Le fer prêt à punir échappe de mes mains.
Et dans l'affreux dépit qui de mon cœur s'empare ,
Je ne puis d'un cruel , je ne puis d'un barbare....
Je ne puis , pour venger par encor plus d'horreur ,
Un objet adoré qu'immola la fureur ,
Pour jamais m'arrachant d'un gouffre sanguinaire ,
Rendre pour mon bonheur son image à la terre.
Je ne puis.... mais les siens , en dépit de mon sort ,

Les siens bien mieux que moi , sauront venger sa mort,
Après ce trait affreux , abominable , indigne
Fait avec tant d'horreur à sa valeur insigne ,
Je crois déjà les voir en vengeurs des forfaits ;
Fondre sur son bourreau du fond de ces forêts ;
Conjurés pour sa mort , conjurés pour sa perte ,
Abandonner des champs que leur fureur déserte ;
Franchir pour la venger , et les monts et les mers ,
Assaillir , accabler , immoler dans leurs fers....
Et tous les siens et lui leurs trop justes victimes
Expirés sous leurs coups , subir le sort des crimes ;
Et pour comble de maux , trouver dans les enfers
Le tourment des tyrans et l'effroi des pervers !
Pour moi qui n'ai que trop d'une horreur détestable ,
Eté , sans le vouloir , l'instrument exécrable ,
Abhorrant tant d'excès horribles à son rang
O Zarine , à mes yeux tout couverts de ton sang !
Renonçant , à ma gloire , à l'Asie , à moi-même ,
A tout , jusqu'au transport de mon amour extrême ,
Quand mon cœur égaré vers ces bords rigoureux ,
Avait subi les lois de l'empire amoureux ,
Et quand l'amour avait dans le fond de mon âme ,
De son temple adoré porté toute la flamme ;
Lorsque ton cœur peut-être eut d'un autre la foi ,
Je vole chez les morts l'attendrir avec toi
Pour t'y persuader que cette âme ennemie
Du plus lâche assassin n'eût point la barbarie ,
Et si ton âme pure en ton adversité ,
Parut celle pour moi d'une divinité ,
Je t'y verrai , sans doute , en sensible victime

Faire grâce à l'amour qui n'eût point part au crime....
Cherchant dans les enfers ton ombre qui me fuit,
Et courant m'égarer dans l'éternelle nuit,
J'y vole détromper tout le sang d'Orithie
D'un pareil attentat dont je me justifie,
Et je meurs.

(*Son ami Bagoas s'opposant au coup qu'il se porte empêche qu'il soit mortel.*)

CYAXARE, *à part.*

Il se frappe, et je suis délivré....
Surmontons un remords dont je suis déchiré.

(*Aux soldats de Stryangée, tandis que Bagoas le sou-*
tient.)

Traîtres, que ce rebele avec audace anime,
Fuyez, ou redoutez le sort de ma victime,
Eprouvez ma clémence ou craignez votre roi !

(*A Stryangée comme il les voit disparaître.*)
Ah ! j'ai donc avec art, su me venger de toi,
Traître ; et sans que ce fer pour punir ton parjure,
Se soit chargé du soin de laver mon injure.
Tu respires encore, et ta Zarine vit.

STRYANGÉE.

Elle vit.... son trépas....

CYAXARE.

Je l'ai feint, te l'ai dit,
Traître, pour me venger. Son sang va se répandre ;
Tu la vas voir mourir, sans pouvoir la défendre.
Qu'on l'amène, soldats.

S T R Y A N G É E.

Elle vit !... rassuré....
Je sens que ma blessure en ce cœur déchiré....
Ah ! je reprends ce fer malgré mon sang qui coule...
Et je vais donc, cruel, sur des malheurs en foule...
La défendre !... Qu'entends-je !...

SCÈNE VI.

CYAXARE, STRYANGÉE, BAGOAS, EURIMOND, *Gardes.*

E U R I M O N D.

Ah ! paraissez, seigneur,
Paraissez, ou fuyez une horrible fureur ;
Fuyez, tout est perdu ; l'on massacre l'armée.
La cime de ces rocs de Scythes est semée.

C Y A X A R E.

De Scythes !

S T R Y A N G É E.

Justes Dieux !

E U R I M O N D.

Leurs pas précipités
Jusques à nous, Seigneur, fondent de tous côtés.

Ces bois sont inondés de leur foule ennemie :
De leurs coups imprévus, la terre est assaillie.
De rochers escarpés, et d'antres souterrains,
Nous ne voyons sortir que des pas assassins.
Il font de nous, par-tout, un horrible carnage ;
Ils ont, jusques à nous, su se faire un passage.
Zarine est à leur tête.

CYAXARE.

Elle, à leur tête ?

STRYANGÉE.

Dieux !

CYAXARE, *à Stryangée.*

Ah ! perfide, c'est toi qui, jusques dans ces lieux....
C'est ton lâche parjure à leurs coups qui me livre,
Qui voudrait sous leurs coups, traître, me voir te
    suivre.
Mais ne crois pas jouir de ce charme odieux.
Je saurai résister à leurs coups furieux ;
Oui, perfide, et je cours d'un piége inévitable....
Mais, qu'entends-je ? quel bruit horrible, épouvan-
    table....
Ciel ! on franchit soudain le haut de ces sentiers,
Déjà des javelots, des dards, des boucliers....
Que vois-je ?....

SCÈNE VII ET DERNIÈRE.

ZARINE, CYAXARE, STRYANGÉE, BAGOAS,
HORTÈS, NARCAS, TRIDATE, EURIMOND,
Gardes de Cyaxare , Soldats Scythes.

Z A R I N E, *l'arme à la main sans voir Stryangée ,*
ainsi que les Scythes.

MONSTRE affreux, monstre , ce sont les Scythes ,
Ils ont de ces déserts su franchir les limites....

CYAXARE.

Barbare , c'est en vain.... Frémis à ma fureur ,
Tu n'en vois pas encor jusques où va l'horreur ;
Soldats....

ZARINE.

Amis, frappez. Oui , frappez ces barbares.
Assassin , crains le sort que toi seul leur prépares ;
Mais , retenez , amis , calmez cette fureur.
Hélas ! je ne vois point qui fut mon défenseur.
Craignez de devenir assassins et coupables.

CYAXARE.

Et je triomphe ainsi , lorsque tu t'en accables.
Soldats , secondez-moi. Dieux ! ils sont repoussés ,
Et partout je me vois d'ennemis menacés.

ZARINE.

Monstre horrible, et tous prêts à t'arracher la vie.
Ici les vois-tu tous d'une juste furie....

H O R T È S, *avec Narcas le saisissant, sans voir*
Stryangée blessée.

Tigre et sans nuls secours de ces chaînes chargé,
Sois désarmé, puni, Marmarès est vengé.

Z A R I N E, *de même sans voir Stryangée.*

Regarde tous les tiens tigre, qui t'abandonnent,
Et tous tes ennemis par tout qui t'environnent.

C Y A X A R E.

O destins! ô revers! ô vengeance! ô fureurs!

Z A R I N E.

Les vois-tu tous ici dans ce moment d'horreurs....
Frémis....

C Y A X A R E, *à Zarine étonnée.*

Frémis toi-même, oui, toi-même, barba
Tremble, frémis du coup dont ma fureur s'empare.
Ainsi par une ruse on te voit triompher,
Ayant su dans ton âme avec art étouffer
Le tissu fabriqué d'une trame perfide,
Et d'un tel traître ayant dans ta fierté timide....

H O R T È S, *sans taujours voir Stryangée.*

Tigre, et sans craindre encor même aucuns châtimens....

Z A R I N E.

Lorsque tu te vois près du plus grand des tourmens,
Tu veux , à des yeux chers ainsi souiller ma gloire.
Ah ! le moindre laurier offert par la victoire,
Sache , quoiqu'on m'ait vue en ce jour-ci faillir ,
Que je sus m'y défendre et non pas me traî.

C Y A X A R E.

Et d'un si beau succès ton courage se pare !
Eh bien jouis du fruit d'un triomphe si rare.
Plus que tu ne le crois , je t'ai percé le sein ;
Tiens , tiens , regarde , et vois l'ouvrage de ta main.

H O R T È S.

O Dieux ! que nous dit-il ? d'où vient que mon courage ?...

Z A R I N E.

Ciel ! quelle autre victime immolée à sa rage....,
    (*Appercevant Stryangée ainsi qu'Hortès.*)
Que vois-je ? Dieux !....

C Y A X A R E.

            Un traître expirant par tes coups.
Recueille tout le fruit d'un succès qui t'est doux.
Tu l'aimes , mais il meurt ; sa mort est ta ruine.
Je t'ai livrée au coup que ce coup te destine ;
Et me vengeant de toi , des tiens , de mon dépit ,
De ton cœur à jamais j'ai sappé le crédit.

Dans les maux qu'à sa mort ma fureur te souhaite ,
Ma vengeance est au comble , et ma haine complette
Sans pitié , sans regret , s'arrachant de tes yeux
Te laisse toute en proie à l'horreur de ces lieux.
Mais que me dis-je encor ! où vais-je ? ai-je des chaînes !
O destin ! en quels lieux est-ce que tu me traînes ?
Suis-je bien Cyaxare et suis-je dans les fers ?
Où sont ces jours pour moi si glorieux , si chers ?
Ciel ! qui m'arrête ? ô Ciel ! quelle main invisible....
Je me trouble , m'égare , un trait irrésistible....
Est-il possible, en moi ? quel changement soudain
Semble un effet sanglant du terrible destin ?
Je sens que tout-à-coup je ne suis plus le même.
Mon sang bouillonne en moi comme une fièvre extréme.
Un gouffre sous mes pas semble soudain s'ouvrir.
Dieux ! sont-ce des remords ? les ai-je sans frémir ?
Après ce que j'ai fait dois-je me voir en traître ?
En frissonnant mon cœur recule de son être.
Pourtant vit-on jamais un assassin vaincu
Passer subitement du crime à la vertu ?
Cependant je l'éprouve en ces instans terribles ,
Un frappant phénomène ouvre mes yeux horribles.
Je pâlis , je chancèle et frissonne et frémis ,
Est-il donc des forfaits que j'ai si fort commis ?
Ai-je bien voulu ?... Ciel !... sont-ce là mes victimes?...
Et Vagosès... ô monstre ! ô scélérat ! ô crimes !
Entouré de vautours qui déchirent mon cœur ,
Je me vois désormais avec un œil d'horreur ,
Malheureux que je suis par d'affreuses maximes ,
Qu'ai-je dit ? qu'ai-je fait pour cacher bien des crimes ?

J'ai commis, sans pitié, les forfaits les plus grands.
La rage de l'enfer en infecta mes sens.
Je l'éprouve et j'en ai l'exécrable délire,
Ne puis-je m'en ôter l'horreur qui me déchire !
Avec ni foi ni loi, je n'eus rien de sacré,
Je fus un montre affreux, un scélérat titré.
Par moi même avilie une sueur sanglante,
Rend mon âme exécrée à moi-même effrayante ;
Je me sens accabler encor par d'autres fers,
Je ne sais si ce sont les serpens des enfers,
Entortillés de feu les bras des homicides,
La nuit des attentats, le fer des Euménides.
D'après de tels forfaits qui font frémir le sort,
Oui, Scythes, frappez-moi, j'ai mérité la mort ;
Disputez-vous mon sang trop indigne pâture...
Exterminez ma rage, et vengez la nature.
Que si tout assassin eût bien plutôt que moi
Senti son attentat il eût frémi d'effroi,
Se rendant à lui-même aussi bien qu'à son être
Qu'il aurait épargné de crimes à connaître.
O Stryangée, ô toi que j'ai pu condamner,
M'extirpant de la terre, oui, viens m'exterminer.
Zarine que je vois, âme sublime et pure,
Oui, portez dans mon cœur une rage plus sûre.
En voyant mes remords, désormais plus heureux,
Frappez, et vengez-vous. D'un scélérat affreux.
Ministres d'une mort que j'ai bien méritée
Oui, vengez dans mon sang la nature irritée.
Avec droit dans les fers à ma fureur uni,
Non je ne me sens point encore assez puni,

Il faut que les tourmens par plus d'une torture
D'un monstre tel que moi délivrent la nature,
A tant de grandeur d'âme à tout ce que je vois,
Par d'exécrés conseils, par d'exécrables lois,
Le crime, l'attentat, l'assassinat, la rage
M'ont fait un lâche impie, un monstre sans courage ;
O comble ayant porté l'épouvantable horreur,
Scythes, c'est trop tarder, qu'une rage en fureur...

HORTÈS.

Non cruel, vis encor.... A ce remord terrible,
Quoiqu'à nos yeux tu sois encore un tigre horrible,
Et qu'à de tels forfaits qui t'avaient fait régner,
Les Scythes dans ton sang desiraient se baigner ;
Barbare, en t'épargnant ces fers que leur vengeance
T'ont mis vont t'être ôtés par leur juste clémence.
Oui, si d'un vrai remords ton cœur est pénétré,
Puisses-tu par les Cieux en être délivré,
Egale le cruel à ton horreur extrême,
En voyant qui tu viens d'accabler par toi-même.
Vivre avec des remords est un plus grand tourment
Que n'est pour un forfait la peine d'un moment ;
Respirer exécré de la nature entière,
C'est en être l'effroi, l'horreur de la lumière.
Garde-toi bien de feindre un moindre repentir ;
Un monstre tôt ou tard vient à se découvrir.
Les méchans sur la terre ont toujours un abîme
Cruel, et quoiqu'en dise et l'orgueil et le crime,
Le Scythe heureux tranquille au sein de ses forêts,
Rend un homage au rang et non pas aux forfaits,

Voilà ton défenseur immolé par ta rage,
Pleure sur son tourment, il orne son courage;
Par une faible faute ainsi que par son sang,
Il lave des forfaits indignes de ton rang,
Il a vaincu le Scythe et s'est couvert de gloire;
Comme de sa vertu gardes-en la mémoire;
Et va respirer libre un air pur et serein
Que l'horrible attentat n'eût jamais dans son sein.

CYAXARE.

O comble, au fond de moi, d'horreurs comme de crimes.
Suis-je assez confondu par de telles maximes?
Quel moyens... quel langage ai-je donc pu tenir?
Le sort ne m'en a pas même assez dû punir.
Toi mon sang, Déjocès, est-ce ainsi que toi-même
Tu parvins par le crime à ta grandeur suprême?
Je conçois le forfait dans toute son horreur.
Ciel! tu devais avant frapper tant de fureur:
L'enfer a pénétré dans mes veines impies,
Et je sens à mes flancs les serpens des furies.
S'il est des assassins qui voyant leur trépas,
Se contraignent, font voir des remords qu'ils n'ont pas.
Les devais-je imiter? non par rage traîtresse
J'avais déjà trop fait dans ma scélératesse.
Monstres, dans les enfers qui pour de tels forfaits,
De justes châtimens ressentez les effets,
Si vous avez bien pu m'ajouter à vos crimes
A ma punition, au sort de vos victimes,
Par le plus grand tableau de mes assassinats
Que mon exemple serve au bras des scélérats,

Si jamais il en est qui par fureur atroce,
Tente l'énormité de quelqu'horreur féroce.
Et je cours , et je vole en expier les traits
Dans les antres cachés des tigres des forêts.

(Il sort.)

ZARINE.

Et moi Scythes de moi quelle fureur s'empare ?
Quoi! sans devoir punir un semblable barbare ,
Pour l'amitié, l'amour , tout , la vertu , mon rang
Il faut que je le laisse en épargnant son sang ,
Lorsque je vous criais dans l'horreur du carnage ,
De mon libérateur , oui , sauvons le courage.

HORTÈS.

Oui , cédons au destin le soin de son trépas ,
Madame, et que le sang ne soit plus à nos pas.
Et s'il redouble encor d'attentats et de crimes ,
En le voyant en proie au sort de ses victimes ,
Soyez sûre du moins qu'il sentira bien mieux
Les derniers coups vengeurs de crimes odieux.
Pour vous , Prince, en nos champs sur des traces plus
        sûres ;
Ciel ! faut-il que pour vous à des vertus si pures ,
Tout Scythe à la pitié livre en homme son cœur ,
Mais les pleurs ont souvent honoré la valeur.

ZARINE.

Et par un sort pareil me surmontant encore ,
Me faut-il voir toujours un forfait que j'abhorre ?
Brave Hortès, et trouver en proie à tant d'horreur?...
Et vous cher Prince aussi bornant tant de fureur ,

Lorsque j'ai pu causer dans cet instant terrible,
Qu'atteint percé frappé d'un coup qui m'est horrible...

S T R Y A N G É E.

Oui , madame , en laissant plus à plaindre que moi,
Oubliez-le , et calmez la peine où je vous voi.
Je me suis mis moi-même au rang de ces victimes
Que de tels inhumains font servir à leurs crimes ;
D'un semblable destin je courais pour vos jours ,
Je courais de ses coups en délivrer le cours ;
Mon sang me l'ayant fait pour vous seule répandre ,
Je voulais vous sauver , je voulais vous défendre...

Z A R I N E.

Et je ne puis payer ce bienfait généreux
Par tout ce que mon cœur a de plus précieux ,
Quand vous aviez fléchi même jusqu'à l'outrage ,
Quand pour vous ma vertu , mon cœur et mon courage...

S T R Y A N G É E.

Ah ! madame , il suffit. Mes feux récompensés
Sont payés désormais des pleurs que vous versez.
Le sort jusqu'à ce jour pour moi fut inflexible ,
Et dans ce jour affreux le vôtre fut horrible.
Vous vivez, vous régnez , et vos coups glorieux
Recouvrent leurs lauriers dans ces momens heureux.
Hélas ! j'avais pensé que sans amour, sans haine,
Vous étiez insensible à l'amoureuse chaîne.
Sachant que les mortels dans l'empire amoureux ,
Ont des vœux incertains et des traits rigoureux.

Sans doute en captivant les excès de ma flamme,
Je vous avais surpris dans le fond de votre âme ;
Mais ce cœur né trop grand pour vaincre avec horreur,
Avait servi sa gloire et non pas sa fureur.
Il suffit , ma douleur se calme à votre vue ;
Et je sens que le trait dont un cruel me tue
Détourné de mon cœur par ce fidèle ami
N'a porté dans mon sein qu'un coup mal affermi;
Et je sens qu'à ma plaie un plus doux instant cède ;
Hélas! c'est assez plaindre en moi le sort d'un Mède....

Z A R I N E.

Ah! je crois en avoir adouci la moitié ,
En montrant pour vos jours du moins tant de pitié.
Non , votre ame de moi ne fut jamais haïe;
Si même elle n'a point en rien été trahie
Qu'il m'est doux de pouvoir découvrir à vos yeux
La fermeté d'un sort qui parut rigoureux
Ah ! je sens que mon cœur né par ce qui l'inspire
Pour aimer mon pays , et non pour le détruire ,
En doit plus que jamais s'attendrir au malheur ;
Sachez en d'un barbare oublier la fureur.
Que ce cœur désormais pour vous devenu tendre ,
Témoigne à la vertu ce que l'on doit lui rendre.
Hélas! dans ce moment par un juste retour
Prête à céder sans honte aux douceurs de l'amour ,
En montrant en Scythie une sensible image ,
Que ce bien sûr garant vous en donne le gage ;
Ainsi dès ce moment dignes de nos bienfaits
Allons du sort en vous réparer les forfaits ;

Par l'oubli d'une horreur pour vous bien moins cruelle
Effacer de ce coup l'image trop réelle ;
Par un recours heureux calmant votre douleur,
Respectons l'infortune illustrons la valeur.
Sachons-en des forfaits éterniser l'abîme,
Apprenons à n'en point devenir la victime.
A voir punir en juge, à pardonner en roi,
Qu'être juste, en un mot, est la première loi.
Dans le fond reculé de ces déserts sauvages,
Ainsi retrouvons y le repos des ombrages ;
Et dans tout l'univers devenant à la fois,
Et le bonheur du monde et l'exemple des rois,
Par des traits aux humains d'une âme peu commune,
Ayons-en les vertus qu'égala l'infortune ;
Et dans ces mêmes champs ou régna la valeur,
Montrons à l'avenir qu'en des traits de rigueur,
Dans un désert un jour naquit une héroïne,
Qui du pur sang des Dieux tirant son origine
Des rives de l'Oxus accourue en ces bois
En elle de son sang fit revivre les droits,
Et près de l'Imaüs dans une vertu chère
Vint donner de son sort un exemple à la terre.

F I N.

VARIATIONS

DE LA TRAGÉDIE DE ZARINE.

Cinquième acte, scène VII, page 113. Après ce vers que dit *Cyaxare :*

Te laisse tout en proie à l'horreur de ces lieux.

Je faisais finir cette pièce dans la précédente édition en laissant sortir *Cyaxare* abandonné par les Scythes à sa juste destinée, et *Zarine* disait à quelques changemens près :

Où suis-je, Scythes... Dieux!... et quelle horreur s'em-
       pare ?...
Et quoi ! sans immoler cet horrible barbare.
Pour l'amitié, l'amour, la vertu, tout mon rang.
Quoi? vous ne versez pas, à mes yeux, tout son sang,
Lorsque je vous criais, dans l'horreur du carnage,
De mon libérateur, oui, sauvez le courage.

Photiès appelé maintenant *Hortès*, continuait :

Oui, sans doute, vengeons un si cruel trépas,
Et que le sang encor ruissèle sous nos pas ;
Madame, ainsi que vous, sur des traces plus sûres,
En pleurant désormais des vertus aussi pures,

Tout Scythe, à la pitié, livre en homme son cœur.
Les pleurs ont quelquefois honoré la valeur.
Scythes, que ce barbare en soit percé lui-même.

Stryangée qui était nommé *Atlante*, disait :

Non, Scythes, retenez cette fureur extrême.

Photiès nommé, dis-je, *Hortès*, continuait :

Quoi, quand nous vous trouvons en proie à tant d'hor-
          reur,
Vous voulez que bornant une juste fureur....

Zarine, ensuite :

Et qu'ainsi vous voyant dans cette instant terrible ;
Atteint, percé, frappé d'un coup qui m'est horrible...

Stryangée, dis-je, avant nommé *Atlante*,
poursuivait :

Oui, laissez un cruel plus à plaindre que moi,
Et calmez la douleur, madame, où je vous voi.
Hélas ! pour s'immoler de pareilles victimes,
N'en a-t-on pas les cieux qui veillent sur les crimes ?
De plus, voyez les miens....

J'ajoutais, pour lors, une Scène VIII qui suit,
que l'on aurait pu retrancher.

SCÈNE VIII *et dernière.*

E U R I M O N D, *et les personnages précédens.*

E U R I M O N D.

Oui, Seigneur, à nos pas
Cyaxare puni souffrant mille trépas
Fuit pour jamais de nous sans secours, sans défense,
Pardonnez mon erreur, elle était une offense :
Lui-même il reste en butte aux vengeances des Dieux ;
Et les vôtres, les siens, et moi-même avec eux
Je reviens pour mourir si votre mort approche,
Victime en expirant du plus sanglant reproche.

Stryangée, après :

Vous le voyez, je suis Scythes, assez vengé ;
        (*Parlant à Bagoas.*)
Et par ce brave ami quand je suis soulagé,
        (*A Zarine.*)
Madame, vous le dire, est un calme à ma peine,
Oubliez en l'erreur d'une méprise vaine.
D'un barbare ennemi je courais pour vos jours,
Je courais de ses coups en délivrer le cours ;
Mon sang me l'ayant fait par sa fureur répandre,
Je voulais vous servir, je voulais vous défendre., etc.

Le reste de cette piéce finissait comme elle est maintenant, excepté quatre vers à la suite, remplacés par quatre autres et quatre ajoutés. Je remets au jour cette fin de tragédie, parce que si jamais cette pièce vient à être jouée, on pourra adopter la meilleur fin possible de cet ouvrage d'un genre, je crois neuf, touchant lequel je pourrai donner dans la suite une préface sans doute nécessaire pour l'antiquité du fait historique, lequel fait j'ai travaillé selon que mes faibles lumières l'ont pu approfondir ; je dois dire encore que je l'ai renforcé depuis pour un bon motif ; j'aurais même pu ajouter dans cette édition à la page 53, après ce vers douxième que dit *Tridate*

Qui t'ont lié, sans doute, à leurs moyens atroces.

Ces autres vers, si je n'en eus craint la dureté

Chercher à s'enrichir avec le bien d'autrui,
Prétexter le défendre en s'en disant l'appui,
Favoriser les uns par des moyens perfides
Pour écraser ceux-ci par d'inouis subsides ;
Par d'exécrables lois feindre des traits vengeurs,
Protéger les pillards comme les égorgeurs,
Voilà le fait affreux des brigands politiques,
Et d'un monstre ennemi des fortunes publiques.

Et acte 3ᵉ., scène 4ᵉ., page 37, après ce vers 19ᵉ. que dit *Stryangée.*

Digne de sa vertu comme de son courage.

J'aurais aussi ajouté ceux-ci, si je n'eus crains
de ralentir l'action.

Quelquefois d'obéir il est bien malheureux.
Hélas ! je ne suis point de ces montres affreux
Qui se font un plaisir d'être traîtres coupables,
Par des moyens affreux d'égorger leurs semblables,
Des scélérats dont l'art est leur crime connu ;
O Dieux ! oui, laissons-les croyant à la vertu,
Ecoutons mon devoir, écoutons ma parole.
L'amour est quelquefois et trompeur et frivole : etc.

Et enfin, acte V^e., scène VII, page 3, après
ce vers 6e. que dit *Zarine :*

Et tous tes ennemis partout qui t'environnent.

J'aurais pu y joindre aussi ces quatre autres :

Oui, sans te craindre encor vois ce fer dans ma main,
Monstre, guidé sur toi pour te percer le sein,
Le Scythe qui te rend, à ce bras qui l'anime,
Meurtres pour attentats, et vengeance pour crime.

ERRATA.

Page 7 , vers 5 , périr , *lisez* : péril.
Idem , vers 20 , opprimer , *lisez* : opprimé.
Idem , vers 8 . ami , *lisez* : amis.
Idem , (*à part.*) . lisez : (*Zarine , à part.*)
Idem , vers 16, en , *lisez* : et.
Page 11 , avant le premier v ers, Dorite , *lisez* : Nerfite.
Idem , vers 14 , des , *lisez : de.*
Page 12, vers 3 . camps , *lisez* : champs.
Page 14 , vers dernier , démentit . *lisez* : démentir.
Page , 15 , après le vers 1 , Dorite . *lisez* : Nerfite.
Page 30 , vers 24 , saccagez , *lisez* : saccagés.
Page 34, vers 12 , et, *lisez* : est.
Page 41 , vers 19 , un , *lisez* : au.
Page 42 , vers 23 , parlez , *lisez* : parler.
Page 43 , vers 9 , un , *lisez* : au.
Page 45 , vers 12 , peu *lisez* : peux.
Page 48 , vers 4 , voyant . achève , *lisez* : verraient , s'achève.
Page 52 , dernier vers, desire , *lisez* : desires.
Page 54 , vers 25 , de . *lisez* : des.
Page 58 , vers 6 , verrait , *lisez* : verrai.
Idem , vers 8 , Médie , *lisez* : la Médie.
Idem , vers 16 , ton *lisez* : mon.
Idem , vers 19, uand , *lisez* : quand.
Page 61 , vers 14 , sa , *lisez* : la.
Page 63 , vers 17 , par , *lisez* : pour.
Page 64 , vers 15 , affrez, *lisez* : affreux.
Page 65 , au premier personnage , *lisez* : Stryangée.
Page 66, vers 10 , une , lise , : un.
Page 68 , vers 11 , les dignes . *lisez* : des lâches.
Page 69, vers 15 , chef, *lisez* reine.
Idem , vers 19 , mourans , *lisez* : mourant.
Page 70 , après le vers 15 , en place de Nerfite , *lisez* : Hortès.
Page 72 , vers 6 , son âme , *lisez* : Zarine.
Page 73 , vers dernier, ôtez le mot venir.
Page 76 , après le vers 11 , *lisez* : (*deux soldats se détachent pour le joindre.*) mis à la scène 3 après le vers douzième.
Page 80, vers 10 , te *lisez* : la.
Page 99, vers 3 , qua , *lisez* : que.
Page 100 , vers 4 , ces , *lisez* : faux.
Page 101, après le vers 6, *lisez* : (*Cyaxare, à part.*) mis après le vers 7
Page 108 , vers 4 , des , *lisez* : mes.
Page 112 , vers 4 , ci , *lisez* : si.

www.ingramcontent.com/pod-product-compliance
Ingram Content Group UK Ltd.
Pitfield, Milton Keynes, MK11 3LW, UK
UKHW022046070726
13613UKWH00002B/706